大人の極意

村松友視

JN169357

大人の極意 † 目次

第一話　大人の瑞々しさ　9
第二話　お辞儀の達人　15
第三話　笑い方という厄介な世界　22
第四話　男の歩き方という領域　29
第五話　やわらかい約束　36
第六話　酒を飲む男の横顔　41
第七話　電光石火の粋　48
第八話　悠然たる脇役の存在感　55

第九話　大人びた大リーグの匂い　63
第十話　豪華船上の老紳士　71
第十一話　反則がかもし出す華　79
第十二話　ついに小説を書かなかった男　86
第十三話　アブサンに教わった大人の表情　93
第十四話　葬儀のプロの奥深さ　100
第十五話　地図を描いて道を教える　107
第十六話　大人の影踏み遊び　114

第十七話　二つちがいの比類なき大人　121
第十八話　先輩におごられる快感　128
第十九話　十返舎一九の「灰左様なら」　135
第二十話　マダムのご主人　142
第二十一話　シチリアンの遊び心　149
第二十二話　野良猫ケンさんの結界　155
第二十三話　ラッフルズ・ホテルのプライド　163
第二十四話　フランク永井の残像　170

第二十五話　噺家に薄情からむ〝入り〟の艶　177
第二十六話　どん底まで落して救う超男気　184
第二十七話　大女優の輝ける度胸　191
第二十八話　ゴルフと紳士と賞金王　198
第二十九話　和の風格を手にする男　205
第三十話　親友、一期一会の連鎖　212
アンチエイジング？　なめたらいかんぜよ！
――「あとがき」にかえて　219

第一話　大人の瑞々しさ

まずは、〝大人〟という言葉を洗い直しておきたい。

「大人」の解釈を辞書に求めてみると、「成人した人。一人前に成長した人」「思慮、分別があるさま」「考え方や態度が一人前であること」などと、きわめて奥行きのない言葉に出くわしてしまう。そういう〝大人〟を目指して生きなさいと言外に示唆されているような、青少年が素直にこの階段を上がって行けば、やがて〝大人〟という二階に到達するからね……的なお説教臭さがぷんぷんと匂ってくる。

ここからは、「きみはなんだねえ、年は若いがいやなかなか大人だ」「あんたも考え方がようやく大人になったねえ」などという、青少年を大人にとって理解しやすい、あるいは都合のよい成人に仕立てあげるための、常套句的フレーズへとつながっていくのだろう。赤ん坊から幼児、少年、青年と階段を素直にステップアップしていくと、大人というニ階のけしきが見えますすよというふうな、まことに健全すぎる教唆と言ってもよいだろう。

このような足し算的な人間の成長を前提とした教育法にも、たしかにいっときの有効性はあるのだろう。問答無用に道徳や常識、あるいは社会人としての自覚などを教え込まれなくては身につかぬ年齢のベクトルは、たしかにあるのだ。だが、これはあくまで初心者向けの入門書的指導すなわちガイダンス的レベルの事柄なのであり、スポーツにたとえるならば、その競技を始めるにあたってのルール説明の域を出ない。人間あるいはスポーツの醍醐味が、そんなところに存在しないのは、火を見るよりあきらかなのだ。

そこで、このようなあまりにも素朴、あまりにも素直、そしてあまりにも健全すぎる足し算的人間観の対岸に、大人の醍醐味という魅惑の領域が存在することを、私自身の記憶に宿る大人群の助けを借りて言い張ろうというのが、この作品を書くにあたっての私なりの物腰だ。対岸にある輝ける大人のけしきに目をとめぬ手はない……そんな気分で、私は自分の記憶の底に向かって水中を潜り降りる旅を始めようとしているところである。

大人という言葉にまとわりつく鹿爪《しかつめ》らしさ、いかめしさ、きびしさ、おさまり返った感じに、私もかつては鬱陶しさを感じていた。そのような大人に反発し刃向かって、過剰なエネルギーを費やしたこともあった。大人というのは、単なる物分かりのわるい存在、瑞々しい感性の対極にある野暮な存在……と決めつけていた時期は、けっこう長かった。

ところが、そんな時間の中でも、ポツリ、ポツリと大人の瑞々しい魅力を伝えてくれる何人かに出会ってきた。大人も捨てたもんじゃない……と、その人たちはやわらかく私を諭《さと》してくれたものだった。いわゆる大人らしくない無邪気さを奔放に発散するタイプから、生来の個性に年齢が磨きをかけたような渋みを放つタイプ、破格のグレードの持ち主から庶民の底力の権化にいたるまで、それぞれの流儀はさまざまだった。そんな〝大人〟たちとの出会いを、私はあまり強く意識することなく、ちょいとした贅沢な偶然の体験くらいに思ってやりすごしていた。

ところが、若さと健康が信仰される今日のごとき時代様相がくっきりとしてくると、その贅沢な体験の貴重さが、切実さをともなってよみがえってきた。そして、その記憶の数々は、すでに忘れ去ったと思い込んでいる、記憶の水底に沈む大人体験までをもさそい出してくれた。かつて、何の感慨もなく体感していた大人の手応えが、あらためて新鮮なものとして浮上することもたびたびだった。

そんな時間の中で、高齢化社会といわれる現代に生きる私をもふくめた大人から、かつて存在した大人の醍醐味が消えつつあるという実感につつまれたのはたしかだった。むかしの同じ年齢の人よりも十歳以上は若く見える……などと若づくりにいそしんでいるうちに、年齢をこなす歳月によって仕立てあがる大人の要素がかけらも身についていない自分に気づき、啞然とすることも多かった。甲羅だけはきれいに整っているくせに身のつまっていない、スカスカのタラバ蟹……そんな自己認定といったところだろうか。

このような大人が跋扈する時代ともなれば当然、青少年は大人へのあこがれをいだくことなく、ひたすら若さの維持と健康志向、そしてそれにともなう人間観のまま、やはりスカスカのタラバ蟹状態の大人へと、ごく自然に移行してゆくことになるだろう。

そこで、そんな雲行きへの警告を、自らはこなすことができぬものの、見事な大人ぶりを風景のごとくながめることがぎりぎり可能であった身として、その贅沢な大人の風景について、私なりに語ってみたくなったというのが本音である。

赤ん坊のかわいらしさ、少年少女の瑞々しくもあぶない感性、青年の向上心と挫折のくり返しあるいは若き屈託……といった年代ごとの味わいとともに、そこを何とか切り抜けた大人のしたたかな魅力と醍醐味というものがたしかに存在する……そのヒントを与えてくれる人間像を、記憶の水底からすくい上げて陽の光にかざし、ためつすがめつ打ちながめてみることから、私なりの手探りを始めようと思っているところである。

私は昨年、『老人の極意』なる作品を河出書房新社から上梓している。その作品を書きながら、私は老人の面白味、奥深さ、面妖さ、無邪気さ、したたかさなどの〝極意〟を堪能する気分にひたったものだった。そして、その〝極意〟の感触をつらつらふり返ってみると、そこにはいつの日にか手にしていたのであろう〝大人の極意〟の残影のようなけはいがただよっていた。ならばひとつ、〝老人の極意〟にいたる道筋としての〝大人の極意〟というアングルもつけ加えねばなるまい。作品への立ち上がりのバネには事欠かぬというわけだ。

そして、アンチエイジング志向と健康志向の全盛期であり、〝若づくり〟にいそしむ高齢者が氾濫するこのご時世に、一瞬、人間の熟成すなわちエイジングのオンパレードという逆説的シーンの凄味を現出させるという目論《もくろ》みをもまた、この作品の中に仕掛けとして埋め込んでいこうという算段もある。

年齢をかさねることの素敵さ、恰好よさが、読者の皆さんに伝わるシーンがあれば、すでに後期高齢者でありながら、〝老人の極意〟はおろか〝大人の極意〟とも、いまだ無縁で生きている著者たる私にとって本望というものである。

第二話　お辞儀の達人

近ごろ、同年輩の知人に会うと、「しばらく」とか「やあ、どうも」などと言って手をさし出されることが多い。さして意味のない場面で、何ということもなく握手をするという習慣に馴染んでいないので、そのたびに私はとまどってしまう。闘病を終えた、外国生活から帰った、たいへん世話になった、あるいはとくに親しみをあらわしたい相手とは、自然に握手ができるのだが、「やあやあ」という感じでの握手が、どうも好みに合わないのだ。

もっとも、これは政界、経済界、学者、一般社会的な職種に属する相手であるケースに多い傾向で、久しぶりに会った作家仲間に、たとえばいきなり握手を求められることはない。で、自分が握手に馴染めぬ理由については、少しばかり考えたことがある。

人と人の間には、落ち着いた気分になる距離というものがあるのではないか、というのもそのひとつだ。人が立ち話をするとき、だいたいにおいて、同じ距離をおいて向かい合っている。その距離を突きつめれば、七十五センチとかいう数字があらわれて、それ以上近づけばお互い重苦しさを感じ、それ以上離れればコミュニケーションがときどきにくいという答えが解き明かされたりもする。七十五センチの間隔をおいて対峙するのが、人の心にもっとも安心を与えるということなのか。

だが、人はそんなことをまるで頭に浮かべることもなく、ほとんど同じ距離をおいて立ち話をしている。そして、いささか物書き的にその場面を検証するならば、男性と男性が向かい合う距離にくらべて、女性と女性の場合は一歩近いように感じられ、オカマは半歩近い……ま、そこそこのぶれは見られるものの、人と人は一定の距離をおいて立っている。その間隔が七十五センチなら七十五センチでもよいが、とにかく人には他者と向かい合う場面において、心の安まる距離があるらしいのだ。

で、握手をしようとする相手は、その微妙な距離の向こうにある結界《けっかい》みたいなものを、いとも簡単に踏み越えて右手をさし出しながら、ずいとこっちへ近づいてくる。そのありように、何となく日本人らしい繊細な心根が、蹴散らかされたような感じを受けるのだ。

お笑いのやや古いギャグであった「欧米か！」ではないが、戦後の日本人にとっては、先進国である欧米の人々と対等につき合い、彼らのマナーを身につけることが、ある種の向上心のあらわれでもあった。やがて、そんな欧米のマナーを身につけた人々が、日本社会における多数を形成するようになり、そのひとつの結果として、日本人の中に握手が根づいたというながれなのだろう。

そのあげく、何が消えつつあるかと言えば、お辞儀という世界である。お辞儀は、まさに人とのあいだにある、踏み越えてはならぬ一線を確認する、すなわち結界をわきまえて対峙した上での儀式だった。

道で向かい合った二人が、お互いにとっての結界を確認し、その人にふさわしい流儀のお辞儀をして、それから親しみの中へ入ってゆく。手を握り合ったり、肩を叩き合ったり、肩を抱き合ったりするのはそのあとであって、まずお辞儀ありだった。

お辞儀の習慣は、西洋的でないことは分かるが、東洋的というのでもないような気がする。かつて、中国の内政、外交の両面で名を馳せた、総理兼外交部長当時の周恩来が、来賓を迎えている写真をいくつか見たことがあったが、彼は握手で相手を迎えていた。そして、その悠然たる風貌と態度が、握手という場面によくフィットしていた。

近ごろ、日本の政治家が外交の場面で、各国の要人と握手をしている姿を、テレビ画面などでよく見るが、こんなときは相手のムードもあって、さしたる違和感をおぼえない。だが、日本人の政治家や経済人同士が、ややあと握手を交わしている姿からは、どこか不自然な雰囲気を感じてしまい、〝お辞儀の消滅〟というフレーズが頭に浮かんでくる。そのイメージが、同窓会の光景ともなれば、なおさら際立ってくるというわけだ。

金沢、松江、京都などの〝和風の街〟をおとずれたときの楽しみのひとつに、「見事なお辞儀を見物する」というのがある。街角で、老人と老人、老女と老女などが、丁寧すぎず重すぎず、雑すぎず軽すぎない、これぞ絶景という趣《おもむき》の、自然なお辞儀を交わし合っているシーンを目にすると、それこそ日本に生まれてよかったという心持にひたることができるのだ。そんなとき私は、お辞儀こそ日本独特の文化だ、という思いをかみしめさせられるのである。

私はかつて文芸誌の編集者をしていて、何人かの作家を担当していたが、その中にもお辞儀とからめて記憶を呼び起す人が何人かいる。

第一に思い浮かぶのは、文壇の大御所のひとりだった永井龍男さんの玄関におけるお辞儀姿だ。若造の訪問者である私を玄関まで送るときでさえ、永井さんは玄関の板場の上に膝をついて坐り、靴べラを私に手渡してから、両手を膝上においてすっと頭を下げられる。その姿には、道場で試合を終えて武具を解いたあと、相手に礼をする剣豪のごとき味わいがあった。そして、武士ならぬ文士・永井龍男の匂いが、そこから強く立ちのぼっていたものだった。あれは、あきらかに永井龍男流のお辞儀だった。

それはもちろん、私ひとりに向けられるばかりではなく、すべての客に対して永井龍男さんが向けられた、日常的なお辞儀だったのだろう。ただ、そのお辞儀に恐縮して玄関を辞した私の目のうらに、永井龍男さんの玄関で客を見送るたたずまいが、残像としてくっきりときざまれたのはたしかだった。

もうひとり、編集者時代のお辞儀にまつわる思い出として、忘れがたい姿を残してくれているのは野坂昭如さんだった。一般的には意外なイメージだろうが、野坂さんもまた、お辞儀の達人だった。お辞儀の達人というのは、お辞儀が上手とか下手とかいうのではなく、そこにお辞儀をする主の本来的な礼儀の正しさがあらわれているということにちがいない。それも、表面に装われている文士としての無頼や極道の貌《かお》をかいくぐって、どうしようもなくにじみ出る、野坂昭如さんの本質的な礼儀の正しさが、そのお辞儀からは伝わってきたものだった。

そして、いまやお辞儀の時代から握手の時代へと、日本も切りかわりつつあるようだ。ただ、これを気にするのは、お辞儀の時代の余韻が私に影響を与えているだけといった気がしないでもない。いま少し時がたてば、日本人同士が様子よく握手をする光景が、そこかしこで見られるようになることだろう。

しかし、そんな一般的な風景の切りかわりとは別に、日本人にもっともよく似合うお辞儀が消えてしまうのは、風景としてやはり寂しい。お辞儀の美しさをわきまえた上で、場面によってあえて握手をするという構えが、現代の日本人にもっともふさわしいのではなかろうか。

ところが、近ごろは人が人に対するとき、正対するという構えも、心細くなってきている。若者の、相手を斜めに見て喋る表情が、もはや当たり前に罷《まか》り通っている時代なのだ。すべての人がそうなれば、人が人に対する礼儀など、価値のひとかけらもなくなってゆくというながれを、やがて受け入れざるを得ぬのかもしれない。ただ、お辞儀の美しさが消え去ってしまうのは、日本人の文化としてまことに心もとないかぎりでもあり、もったいない気がするのだ。

お辞儀の文化を芯に保ちながら、握手の文化に同化してゆく智恵をはたらかせるくらいのことは、器用な日本人にとっては、大したハードルでもないと思うのだ。だが、お辞儀の美しさを意識する感覚を失ってしまえば、そんな智恵のはたらかせようもない。ここはひとつ、歌舞伎や寄席の一場面でもじっくりながめ、庶民のお辞儀の魅力を堪能するしかあるまいと、わが身をふり返りつつ、お辞儀の全盛時代を思い返すのである。

第三話　笑い方という厄介な世界

あるとき、中学校の同級生が、男はいつ自分の笑い方をつくるのかね……と言った。私はその疑問の意味が分からず、しばらくポカンとしていたが、やがて膝を打つような気分になった。たしかに男は、いつの日にか自分の笑い方をつくる、あるいは自分の笑い方ができあがるのである。

同級生は、つとめる会社の先輩の笑い方の変化に気づいたとき、そんなことを思ったのだというのだ。

彼が入社してしばらくのあいだ、先輩は特徴的な笑い方をしていた。その笑いの特徴は、いわゆる引き笑いだったようだ。息を吸い込みながら引きつるように声を生じさせる、あの明石家さんまや関根勤の笑いと同じだったというのだ。ところが、先輩が部長になったとき、急にその引き笑いが消えた。そのあげくどう変ったかといえば、ハッハッハという高笑いになった。つまり、役職をもつ男にふさわしい、堂々たる笑い方になったというわけだ。

だが、それは本当の笑いというよりも、笑いを演じているというにふさわしい嘘の笑いとして、社内の人々に伝わっていた。やがて周囲もその笑いに馴れ、もとの引き笑いを忘れていったが、同級生は、いつまでたってもその先輩のハッハッハに馴染むことができなかった。いまだに嘘の笑いとしか感じられぬというのだ。

人間、嘘泣きは通用しても嘘笑いは通用しないということか……そんなことを、同級生の話を聞いて思ったりもした。

男の笑い方……と私は書いたが、女性にも笑い方の変化が、どこかで生じているにちがいない。女性は十代くらいまでの、箸が転んでもおかしい時期には、まことに無邪気で天真爛漫な笑い方をする。そして、次にあまり笑わない時期を迎えたりもする。人前で笑うものではない……という躾の結果か思春期のはにかみからか、むやみに笑わないように自分をコントロールするためか。もっとも、ケータイ全盛の今日では、〝人前〟

という感覚自体が消え失せ、人前での大声、化粧、飲み食い、抱擁などが当たり前になり、自分のコントロールなど昔ばなしという趣だ。

ただ、ある年齢になると……というより結婚を分岐点として、女性の笑い方に変化が生じるというケースは、まだ脈々と生きているのではなかろうか。結婚すなわち妻になるという一事が、女性の笑い方を変えてしまうという気がするのだ。

いわゆる、奥さまのホホホホと胸を反らし口に手を当てる笑いもそのひとつで、十代とは別人のごとき雰囲気がその女性にただよってくる。これは、妻という立場が同級生の先輩にとっての役職に似た原因となっている結果とも言えるだろう。これが、ホホホホとハッハッハの共通点だ。

しかもホホホホもまた笑いを演じる、嘘の笑いであるゆえに、それらしき場面に多発されることになる。笑っているというより、笑って見せている感じに近いのだ。

私の周囲にも、自分で吐いた言葉に自分で反応し、ハハハハと笑ったあと周囲を見回しながら、さらなる笑いを求めるというタイプがいる。しかし、彼は中学生のときにはそんな笑い方はしなかったはずだ。いつの日にか何かの理由で身につけた笑い方なのだろう。このタイプは意外に多く、ある年齢以上の集まりなどで、意味のない高笑いだけがひびきわたり、無理矢理に和気藹々《わきあいあい》の空気をつくり上げているむなしさがただよう場面は、いくらでも想像できるのだ。ハハハハにしろ、ホホホホにしろ、である。

では、大人にとっての自然な笑い方とはいったい何だろう、となるとこれも厄介なテーマだ。生まれたままの笑いが永遠につづくはずもなく、少年少女時代だって、笑い方は小刻みに変化しているのかもしれない。父母やきょうだい、あるいは伯父伯母叔父叔母や学校の先生の笑い方が、それとなく影響を与えたという筋道だって考えられる。自分の境遇や環境、あるいは接した人や吸収した文化、見聞や体験などが織りまぜられ、自然にその人の大人としての笑いがつくり上げられてゆくというなりゆきにちがいない。

その笑い方が、もし突飛に感じられたり、不自然に思われる原因が、その人の笑いではなく立場を演じるタイプの笑い方ということになるのだろう。自然ではないが、不自然でもない……そういう笑い方が理想かもしれないが、それをレッスンすれば妙な結果になる。まったくもって、大人の笑い方とは厄介なものなのだ。

ただ、その人のイメージとして納得できる、嘘のような笑い方もある。

四十七年も前のことになるが、文芸誌の編集者であった私は、座談会出席依頼の件で、一度だけ東京馬込《まごめ》の三島由紀夫邸をおとずれたことがあった。

そのときの印象はさまざまに残っているが、そのひとつが三島由紀夫氏の笑い方だった。「独特の高笑い」としてつとに知られていたその笑い方に、私は初めてじかに接したのだった。

三島氏はたしかにワッハッハという笑い方をされたが、やはり笑いを演じている気配があった。おそらく、ボディビルで肉体を鍛え、憂国の志を身にまとい、思想や立場を表明する以前の三島氏の笑い方は、こんなふうではなかったのではないかと感じたものだった。

ただ、それは私には三島由紀夫らしい笑い方だと感じることができた。内側にある繊細さ、緻密さ、純真さ、幼児性などのさまざまをくるみ込むその武装の笑いは、いかにも三島由紀夫氏に似合っていた。自分に似合う笑い方を自分で選んだ、という感じも受けた。それもやはり、三島由紀夫氏らしいスタイルなのだ。

それは、ようやく描きあげた自画像にふさわしい笑い方だった。そして、ワッハッハにからむある種の滑稽感を、三島氏は百も承知だったはずだ。だからこそ、人工的につくり上げられた三島由紀夫氏の肉体から発するその笑いを、私は嘘であるかもしれぬが、嘘くさくはないと感じたのではなかろうか。

もうひとり、長嶋茂雄さんの笑い方も興味深い。

スポーツの域を超えるスーパースターである長嶋茂雄さんは、テレビの画面で見るかぎり、ヘッヘッへと笑われる。ヘッヘッへ、フッフッフ、ヒッヒッヒと俗的な笑い方はさまざまあるが、長嶋さんとヘッヘッへは結びつきにくい。だが、よく考えてみると長嶋さんの場合、インタビュアーなどに何かを聞かれ、「そうですねえ……」と相手にとって好ましい答えをさがしながら、「そうですねえ」の「え」の音を笑いにつなげてゆくケースが多い。スーパースターの庶民性、相手への気遣いがヘッヘッへにあらわれているのであり、まさに選びぬかれたヘッヘッへなのである。

このヘッヘッへは、選手時代の長嶋選手とは別の笑い方であり、スーパースター的社会人となってのち、自然に身についた笑い方ではなかろうかと、勝手に推察している。ヘッヘッへこそ、いかがわしい文化人くささを身におびぬセンスのあらわれでもあり、スポーツ選手の魂を失わぬ長嶋さんの心根もその笑いからうかがわれるのだ。

こうやって思いめぐらせば、大人としての自然な笑い方を会得するなど至難のワザ、どこかに滑稽感や嘘くささがただよってしまうのは避けられぬようだ。それを避けるためか声を発しない笑い方というのもあるが、これには良い笑顔が必須条件となり、これまた爪がかかる人は稀《まれ》だろう。

となれば、大人の時代には多少の恥かしさを覚悟して、やや不自然な笑い方にいそしむよりほか道はあるまい。ただ、滑稽感、嘘くささ、不自然さがただよっていることを、心のどこかで承知している必要はありそうだ。

そして案じることなかれ、そうやって不自然な笑い方をつづけているうちに、大人はやがて老人となる。そうすればようやく、ハッハッハもホホホホもヒッヒッヒも何もかもが、人間らしい芸として仕立てあがるという仕組みなのである。

第四話　男の歩き方という領域

小学生の頃から、私には大人の男性の歩き方を真似するクセがあった。最初は、周囲にいる大人……つまり祖父、叔父、隣のおじさん、小学校の先生が真似のターゲットだった。

祖父は痩せているのに肩幅がやけに広く、その肩幅を誇示して悠然と歩くタイプだった。上の叔父はややガニ股で一歩ずつ外側に蹴り出すようなスタイル、二番目の叔父は腕を振らず膝から下でこまかく歩く感じ、その下の叔父は大きく腕を振り弾みをつけて大股で歩いていた。

ひとの歩き方に注目するようになったのは、横山エンタツとの漫才コンビで鳴らし、喜劇俳優でもあった花菱アチャコの、宙を引っ搔くように手を振って泳ぐ感じで歩く独特の姿を映画で見たのがきっかけだった。アチャコの歩き方の真似がクラスで流行《はや》り、私はけっこう上手な方だった。人の真似をするようでは駄目……という学校の教えの中で、もちろんこれは尊敬を受ける芸ではなかった。

中学生になると、学校の先生が主に生徒たちの物真似の対象となり、そこでも私の腕前はトップクラスだった。大人にはさまざまなスタイルの歩き方があるものだと、先生の真似をしながら思った。そして、自分はどんな歩き方をする大人になるのだろう、と想像したものだった。

やがて、大相撲の力士が塩をまき、土俵中央に進み出るときの歩き方を、いろいろと真似するようになった。人気力士であった信夫山《しのぶやま》が、特徴あるなで肩を傾けながら、すいすいと歩く姿の真似など、まっこと他の生徒の追随をゆるさぬレベルでありました。

中学から高校へ上がると、私は外国映画のスクリーンの中のスターたちが、それぞれ自己流のユニークな歩き方を見せていることに気づいた。そして、ひとの歩き方は、歩くときの首の傾け方、肩のありよう、そして腕の振り方など上半身のうごきと、足先の向く方向によってその特徴があらわれるような気がしたのだった。

ハリウッド・スターの多数派は、歩くとき両腕を前で交叉させるように振るタイプだった。リチャード・ウィドマーク、ゲーリー・クーパー、クラーク・ゲーブル、ジェームス・スチュアート……などがその範疇に入るスターだった。

そんな中で、だらりと下げた両腕を腰の両脇で少しひらき気味に固定して歩くバート・ランカスターに、私は注目した。そしてゲーリー・クーパーとバート・ランカスターが共演した『ヴェラクルス』という西部劇を見たとき、私は両スターの歩き方の流儀のちがいを、じっくりと観察したものだ。この映画はたしかバート・ランカスターの仕切るプロダクションの作品で、ランカスターは悪役に回り、主演の善玉としてゲーリー・クーパーを招いた意欲作だった。自らは悪役を演じ、クーパーを引き立てたかのように見えて、実は見る者に光を放ったのはランカスターの方だったというのが、大方の評判だった。たしか、朴訥な二枚目クーパーが策士ランカスターの罠にハマったという取沙汰もされていた。

高校一年生の私の目にも、クーパーよりランカスターの方がカッコよく映った。そして、だらりと下げた両手を腰の両脇で少しひらき気味に固定して歩くランカスターのスタイルに、すっかりハマってしまったものだった。

黒ずくめで不精ヒゲを生《は》やしたランカスターが、うしろから声をかけられ、両手をだらりと下げたかたちのまま、白い歯をむき出しにした笑顔を途中でとめたような顔でゆっくりと振り向く……そんなシーンが今でも時どき、瞼の内側に点滅することがある。

ハリウッド・スターの歩き方を観察しているうち、日本人の男には肩をうごかして歩く人が多いと感じはじめた。ハリウッドの俳優たちは、首をかしげようがかしげまいが、腕を振ろうが振るまいが、歩くときの肩はおおむね固定されている。

だが、祖父や叔父たちや隣のおじさんや先生たちは、それぞれに流儀はちがっていても、歩くときに肩をうごかす点においては共通しているのだ。

(そうなると、俺も肩をうごかして歩く大人になるのだろうか……)

高校生の私は、そんなことを思ったりしたものだった。そして私は、スクリーンの中のハリウッド・スターの、肩をうごかさぬ歩き方をうっとりとながめ、あんなふうに歩く大人になりたいと思った。そんな私の目の中に、バート・ランカスターと同じように見えながら、少しニュアンスのちがう歩き方をするハリウッド・スターが登場した。

それは、大学一年のときに見た『十二人の怒れる男』における、陪審員を演じたヘンリー・フォンダの歩き方だった。日本でも裁判員制度が取り入れられたが、それをあつかう記事を目にするたび、私は『十二人の怒れる男』を思い出す。

この映画は、十二人の陪審員が全員一致にいたるまでの刻一刻の緊迫する場面を通じて、人間の心理、情、責任感、身勝手さ、怒り、人を裁くことの過酷さなどをあざやかに描き出した名画だった。そして、日本人にとってこのシビアな制度をこなすのは至難のワザではなかろうかという思いが、画面の記憶とともに胸をよぎったものである。

それはともかく、ヘンリー・フォンダは、指先にゆるい力を込めた感じで、握るともなく握り、かすかな反動をつけてその両腕を同時に前後に振りながら、大股に歩くのだ。左右の腕が交叉しない点においては、バート・ランカスターと同じだが、腕をそのまま固定して歩くのではなく、かすかな反動をつけ、両腕を前後に振って歩くところに、微妙なちがいがある。

ヘンリー・フォンダは、大学中退後に地方劇団に加わり、ニューヨークの舞台に立ったあと、一九三五年に映画界にデビューしている。ジェームズ・ディーンのようなスーパースターとは別の、知性派の演技者として独特の光彩を放った俳優だ。『怒りの葡萄』『荒野の決闘』『ミスタア・ロバーツ』それに最晩年の『黄昏』などが思い浮かぶが、『十二人の怒れる男』が、私の中に鮮烈な思い出を残している。

十二人の男が話し合う場面で、ヘンリー・フォンダが何度か立ち上がって部屋を歩くときのかたちが目に残り、靴音が耳に残っているのだ。

ヘンリー・フォンダとバート・ランカスターが共演することはついになかったと記憶しているが、この両者が同じ画面の中で、似ていながら微妙にちがう歩き方を見せてくれる映画など、私にとって想像するだけで楽しい世界だ。これはもちろん、大人の男の歩き方の真似をした少年の、一種の後遺症みたいな思い入れにちがいないのだが。

映画監督となった伊丹十三さんに久しぶりに会ったとき、伊丹作品はあらゆる場面が意図的につくられていて、緻密な構成になっているのはみとめるが、ハリウッド映画のように、ただ歩くだけといった何でもないシーンの魅力が目に強く残ることがない……そんな不満を向けてみた。

伊丹さんが映画監督となり私が物書きになって、お互いの忙しさの中で会うことがなくなったが、かつては編集者として伊丹邸に入りびたり、そんな会話のやりとりに飽きもせず耽っていたのを、なつかしく思い出してのことだった。私の言葉に伊丹さんは、「あのねブラバス（〝むらまつ〟をもじって彼は私をそう呼んでいた。当時売り出されていた「ブラバス」という男性化粧品の名を、からかい半分につけていたにちがいない）、日本に、ハリウッドのスターみたいな魅力的な歩き方をする俳優がいれば、すぐにただ歩くだけのシーンを撮るよ」

と言ってニヤリと笑った。伊丹さんはとっくにヘンリー・フォンダの歩き方を見抜いている……そのとき私は根拠もなくそう思った。

そういえば伊丹さん自身も、日本人にはめずらしく歩くとき肩をうごかさないタイプだった。こんなことをあれこれ思いめぐらしている自分が、どんな歩き方をする大人になっているのか。それが、いくら目に浮かべようとしても、まったく見えてこないのだ。そして、百本の足を自然にくり出して自然に歩いていたムカデが、自分はどんな順序で左右の足をくり出して進んでいるのかと考えたとたん、一歩も歩けなくなったという話が、一瞬、私の頭をよぎったものでありました。

第五話　やわらかい約束

　ついに老人のイメージは身にまとうことはなかったが、極上の大人として私の心に残るひとりとして、作家の吉行淳之介さんがいる。吉行淳之介……と書いても、ある年齢以下の人には強い思いがわくこともなく、作品に接した人も稀であるらしいことに、つい最近になって気づいた。街の書店へ行ったとき、文庫のコーナーに吉行淳之介作品が一冊もなかったのだ。死後二十年以上たっての現象か……とも思ったが、よく考えれば吉行淳之介の作品は、生前においてもそれほどの発行部数を誇ってはいなかった。

　だが、『夕暮まで』という作品は例外で、これは四十八万部も売れた。〝夕暮族〟の話題や映画化のせいでもあったが、私はその売行きに仰天したものだった。この本は新潮社から発刊されたが、当時私は中央公論社で発行していた文芸誌「海」で吉行淳之介担当の編集者をしていた。私以外の吉行担当者にとっても、当の新潮社の担当者にとっても、この四十八万部は予想外のものであったはずだ。いや、作者の吉行淳之介さん自身ですら、内心は信じられぬ〝事件〟だったのではなかろうか。

それでも、酒場での吉行さんは、「新潮社もケチだねえ。四十八万部までいったんだから、あと二万出してもバチは当たるまいにさ、五十万部にすれば切りがいいのに」と、我々を笑わせていたものだった。

ま、それを例外として吉行淳之介作品は、ごく少数（当人によれば数千人）のコアな読者によって、ひそかに熱く読まれるというタイプの文学だった。つまり、マイナー・ポエットといってよい鋭い資質の持ち主だったと言えるのだ。それにひきかえ、吉行淳之介という名前はメジャーな名前として堂々と罷り通っていた。対談、エッセイのあざやかな切れ味、座談の達人としても定評があり、また銀座でモテる作家の随一にあげられる風貌の持ち主でもあった。

マイナー・ポエットの資質とメジャーな作家としての存在ぶり……その点ではまことに比類ない作家像だった。

私は、吉行さんを八丁堀のダンナに、自分をその手下《てか》の岡《おか》っ引《ぴ》きになぞらえ、いくつかの仕事を楽しみ、街の酒場へもよく同行させてもらった。そうやっているうちに、次々と八丁堀のダンナのセンスを間近で見物する日々がつづいた。

酒場の雑談の中で、作品に書いてもらいたい話題が出て、「それ、うちの雑誌に書いてくれませんか」と申し出ると、吉行さんは酔眼《すいがん》を斜めに流して「そうねえ……」と言ってから、「じゃあ、それはやわらかい約束にしておこう」とつけ加える。やわらかい約束とは何ですか？　と問うと、「つまり、固い約束じゃないってことだね」と上機嫌に笑う……最初は、この「やわらかい約束」にとまどったが、やがて吉行淳之介流のひとつと分かった。

固い約束でないから守らなくていい……それならば約束しないのと同じかといえば、そうではない。そこで交わした「やわらかい約束」が、宙にしばらく浮いている。その浮いていた「やわらかい約束」が、何かの拍子に、あるいは何かのながれの中で、ふっと「固い約束」に切りかわる場面がおとずれるのだ。「やわらかい約束」がふっと「固い約束」にお色直しする……この瞬間がまことにセクシーなのである。

これはおそらく、担当者との仕事の件においてというよりも、相手が女性であったときに生まれた吉行淳之介流なのだろう。男と女のあいだで最初から「固い約束」が結ばれるのではなく、まずとりかわされた「やわらかい約束」が、ふとした拍子に「固い約束」に変貌する。そこにかもし出されるセクシーな香りが、ともすれば野暮に終始しかねぬ仕事にも乗り移っていったというなりゆきだったのだろう。

そんな「やわらかい約束」を何度か味わったあと、私は妙なきっかけで会社を辞め物書きとなった。会社を辞めるにあたって、いくつか心残りがあったが、吉行淳之介流の「やわらかい約束」と縁が切れるのもそのひとつだった。

会社を辞めたあと、物書きの端くれとしての仕事をこなしながら、私は悶々たる気分におちいった。会社を辞める半年ほど前まで、私は井原西鶴『好色一代男』の吉行淳之介版現代語訳の担当をしていた。これは毎月の連載だったから、多いときは週に三度ほども吉行さんに会い、原典や他の訳書との突き合わせをしたあと、街へくり出したりした。連載が終っても、単行本化の打合せと称して、吉行邸へうかがったり酒場でお目にかかったりというあんばいだった。

その習慣が、会社を辞めたとたんに途絶えざるを得なくなった。

吉行さんは、作家と編集者を上下関係で考える人ではなかった。原稿を書くプロと原稿を取るプロ……そういう平衡感覚をもって編集者に対していたのだ。私もまた、けっこう編集者としてのプライドが高いタイプで、作家を上と見てへつらう感覚はなかった。だから、相手が評価の高いメジャーなスター作家吉行淳之介であれ、仕事を介すれば五分と五分……という気分があったのだ。

だが、会社を辞め同じ物書きの立場になってみれば、頂上近くにいる吉行さんに、まだ登山口でウロチョロする私が、それまでのように気楽に電話などかけられるはずもない。しかし、吉行さんとの縁が切れるのは寂しい……会社を辞めて二週間くらいたち、泣き別れる二つの気持が爆発寸前になろうとしたとき、不意に電話が鳴った。電話の向こうで、なつかしい吉行さんの野太い声がひびいた。

「あのさ、吉行だけどさ、会社辞めても電話かけてきていいんだぜ」

この野暮な仕切りにならぬ大人の粋な気遣いのセリフに、八丁堀のダンナはモテるはずだと、私は受話器を耳に当てたまま、しばし茫然としていたものだった。

第六話　酒を飲む男の横顔

最近は、思い切り自分を外に出して喜びをあらわすという、かつて日本人が苦手だと言われていた要素が、若者の中で満開しているといった雰囲気だ。レストランでの注文のさいには「気のない言葉を口にせず好きなものをハッキリ言いなさい」というお説教があった時代の空気は、どうやら歴史の彼方に消え去ってしまったようだ。

だが、過ぎたるは猶《なお》及ばざるが如《ごと》しの喩《たと》えもあり、本音の時代の中で日本人らしい奥ゆかしさ、含みの魅力、謎めいた気配などがどこかへ飛んでいってしまうのは、やはりいささか寂しい傾向と言わざるを得ない。

それに、相反するこの二つの世界が馴染み合った中庸の道に出会うなどということは、なかなかむずかしそうだ。

毎年の成人式において、若者の乱痴気騒ぎがマスコミを賑わしているが、そのとき壇上にいる市長や来賓などとの接点など、見つかるはずもないという感じだ。成人したばかりの若者の一部は、ただ闇雲《やみくも》に酒をあおり、自分たちにしか通用しない言葉でわめき散らし、式の進行に頓着なく勝手に踊り狂っている。

一方、壇上に立った〝偉い人〟である大人はといえば、自らが生きてきた筋道にしか通じない、政治や行政の世界のいわば業界用語で、滔々と無味乾燥な祝辞を述べつづけて、いっさい会場の雰囲気を知ろうとしない。若者は自分たち用の〝私語〟を、大人は自分たちの領域の〝死語〟を、同じ場面で勝手に放ち合っているという、まことに荒涼たる風景である。

そこで、唐突だが鶴田浩二である。

私にとっての最初の記憶は、『ハワイの夜』という映画のロケで女優岸惠子とともに、当時としてはめずらしいハワイ・ロケに行き、タラップを降りたところで出迎えのハワイ女性に首にレイをかけられ、頬に歓迎のキスをされて照れ笑いをする、ニュース映画の画面における甘い二枚目の印象だった。このあと岸惠子とのロマンスも取沙汰され、戦後のスターの筆頭に躍り出た。『君の名は』でやはり岸惠子の相手役をした佐田啓二の書生的渋さとは、対照的な花形俳優の匂いを放っていたものだった。

ただ、まだ中学生になったばかりの私は、『ハワイの夜』の鶴田浩二にはあまり興味を抱かなかった。鶴田浩二は、松竹、新東宝、大映、東宝、東映など各社の作品に出演し、二枚目の典型を演じつづけた。私が、強い興味を向けはじめたのは、三船敏郎が宮本武蔵を演じた東宝映画『決闘巌流島』に、佐々木小次郎役で出たあたりだった。武骨な三船の武蔵像と、最後に唇から血の糸を滴《したた》らせて倒れる鶴田浩二の小次郎の虚無感は、見事な対照の構図をつくっていた。

そのあと、三船と鶴田浩二のコンビによる、岡本喜八監督作品の〝暗黒街〟シリーズが始まる。ここでもまた、剛と柔のコントラストがあざやかだった。そして私は、すでに『羅生門』や『七人の侍』によって、〝世界のミフネ〟になっていた三船敏郎よりも、松竹時代とは打って変って、渋い大人の色気をただよわせはじめた、鶴田浩二の魅力にハマっていった。

鶴田浩二は、貧しく複雑な環境で育ったと言われ、昭和二十八年には暴力団組員に襲われる事件にみまわれ、特攻隊で死んだ友への哀悼の念を強く抱いて、屈託をかかえる人生を歩いてきたという。その屈託が、スクリーンの中から男の色気となって伝わってくる。その意味で際立っていたのが、酒を飲むシーンの鶴田浩二である。

『暗黒街の顔役』に代表される、〝暗黒街〟シリーズには、この酒を飲む場面がしばしば登場した。

誰もいない部屋へ帰ってきた主人公のヤクザ男が、何かを思いながらウイスキーをグラスに注ぐ。そして、ためた思いをふり切ってグラスの酒を口にふくむ。口の中にウイスキーをとどめたまま、また何かを思っているが、意を決したようにウイスキーを一気に喉におくり込む。そのとき、こめかみにくっと筋が浮くのがこたえられない。喉を通り過ぎたウイスキーの行方を見送るような表情に、甘さと虚無感と凄味が入り混じる。酒を飲む場面を、このように魅力的に見せてくれる日本人の俳優は、皆無に近いのではないか。

これは、演技という領域でもないような気がする。酒を飲むときにあらわれる、鶴田浩二の素貌《すがお》といってもよいのではなかろうか。私は俳優として、役者としての鶴田浩二の評価がどれほどのものか……それを測るモノサシを私は持ち合わせていない。だが、酒を飲む場面を演《や》らせたら、天下一品といってよい人だったという印象が、強く残っているのはたしかなのだ。

あれは、単純に酒を飲むというシーンではなかったような気がしないでもない。口にふくんだ瞬間、過去のまとまらぬ思いにおそわれ、意を決してそれを飲み込む。こめかみに筋を浮かしたその顔には、酒ではなく毒を飲み込む決意のごとき色があらわれているのだ。人生の苦味、己れの心に残された傷、戻らぬ時代のながれへの屈託……それらを、甘美なる毒が刺激している。その痛みに耐えているような複雑な横顔を、私はうっとりとしてながめたものだった。

外国の俳優ならば、ジャン・ギャバン、バート・ランカスター、ハンフリー・ボガート、ジェームズ・コバーン、フランク・シナトラ、ショーン・コネリー、クリント・イーストウッドなどが、酒を飲む場面の独特の表情の持ち主として思い浮かぶ。レオナルド・ディカプリオやトム・クルーズやブラッド・ピットあたりには、とうてい爪のかからぬ場面なのだ。

鶴田浩二は、東映に移ってから、任俠映画で新しい役者像をつかんだ。一九六〇年代後半から一九七〇年へ……若者も大人もつつみ込まれた激動の風に押されて、任俠映画は大ヒットした。時代の中で風化してゆく義理と人情を守るため、勝ち目のない喧嘩に挑んで行く主人公の姿勢に、〝男の生きざま〟というアングルが与えられ、〝深夜映画〟の若者は自分をそこにかさねて熱狂した。

だが、東映の任俠映画への若者の熱狂は、どちらかといえば鶴田浩二より高倉健に向けられていたはずだ。その無表情が孤独の死闘を象徴するようで、それまで咲き切らなかった高倉健が、一気にブレイクしたのだった。

それに対して、鶴田浩二が演じた世界は、いささか古風であったかもしれない。しかし、私はあの任俠映画ブームの中でも、酒を飲む場面での鶴田浩二に目を凝らしていた。ウイスキーが冷や酒にかわり、スーツが着流しとなっても、酒を飲むシーンの鶴田浩二はピカ一だった。その場面での鶴田浩二は、時代の風に呼応して嬉々として演じるのでも、その役にすっぽりはまった役づくりをするのでもなく、〝暗黒街〟シリーズのときと同じ酒の飲み方、表情をつらぬいていた。

あるいは、自分が演じている役や、任俠映画に向けられる喝采への苦々しさが、あのシーンでの鶴田浩二にはあらわれていたのかもしれない。自分の本意とはちがう方向へ、世の中が流れている中での孤立感もまた、そこに加わっていたような気がする。

三島由紀夫氏との対談のとき、鶴田浩二が三島作品への共感を語ると、「いや、それほどのものではありませんよ」と三島氏が恐縮した。すると鶴田浩二は、「これは私の主観です。三島さん、ひとの主観を否定しちゃいけませんよ」とたしなめていた。その対談を読んだとき、私は鶴田浩二の苦笑いをふくんだ顔を想像したものだった。

自分の主観は誰にも否定させない……その鶴田浩二の思いが、酒を飲む場面における、あの複雑な表情に集約されていたのではないかと、私は今になって思うのである。

第七話　電光石火の粋

中央公論社につとめ編集者をしていた頃、小石川の幸田文さん宅へはよくうかがった。二十五歳くらいのときから、およそ二十年近くのあいだ、一定の周期でお目にかかっていたような気がする。とくに原稿の依頼にというのでもなかったから、若造の訪問を心やさしく受け止めてくれたこと自体が、いわば大人の流儀というものだったのだろう。

私は、プロレス、学生運動、状況劇場の芝居、巷の事件などについて勝手に喋りまくって帰った。幸田文さんは、そんな私の愚にもつかぬ話に、ふんふん、へえー！　などと独特の相槌を打ちながら、興味深げに私の顔をのぞき込み、それもまた大人らしい気遣いにちがいなかった。

そんな時間の中で、私は幸田邸の応接間の灰皿の上に置かれた、不思議なマッチ箱に目をとめた。それは、たまに出かける銀行から持ち帰ったマッチ箱に、折々の季節にふさわしい千代紙を貼ったもので、幸田文さんの作品とも感じられるセンスを放っていた。

私は、そのマッチをおみやげにもらって帰るようになり、アパートの本棚に、幸田邸へうかがった数だけのマッチ箱がならんでいった。春は桜、夏はあやめ、秋は楓、冬は梅といったように、無味乾燥なひとり暮らしのアパートに、季節の香りが添えられたものだった。

あるとき、幸田邸の灰皿の上にあるマッチをみとめ、それをつまんでみると、指のはらに冷たい感触が伝わった。怪訝な顔をしていると、

「急に来るからさ……」

と、幸田文さんが照れくさそうに言った。私が午前中にふと思いついて電話し、午後に訪問したので、マッチ箱にあわてて千代紙を貼った、そのため糊が乾き切っていなかったと、幸田文さんは言い訳をした。かわいらしいな、と私は思った。マッチ箱に季節の千代紙を貼るのも幸田文さんらしいが、マッチを持ち帰るのを楽しみにやって来る若造のために、あわてて千代紙を貼る心根が何とも少女らしいと感じたのだった。

また、私は一度だけ幸田文さんを旅にさそったことがあった。静岡の寸又峡《すまたきょう》へ楓の紅葉を見に行きませんか、という私の提案に幸田文さんはすぐに乗ってくれた。『木』や『崩れ』の連載は、すでにされていた時期のことだった。

私は、この旅に仕事抜きでつき合いたいという写真家の藤川清さんとともに、一日早く静岡へ行って友人宅に泊り、翌日、静岡駅の新幹線ホームで幸田文さんと待ち合せた。グリーン車でない最後尾に近い車輛から降りた幸田文さんは、笑顔で手を振りながら足早にやって来て、一緒に来た女性Sさんを私と藤川清さんに紹介した。

静岡駅から、幸田文さんとSさんと私が藤川清さんの車に乗り、静岡の友人二人が別の一台に乗って出発した。安倍川から藁科川《わらしな》にいたる上流へ走って、ある場所から対岸へ渡って寸又峡へ……これが、少し前に世間を騒がせた金嬉老《きんきろう》が逃亡のさいに辿ったコースであることを、私たちは道中話題にした。

山道ですれちがう車が、山を上り下りする人と同じように、お互いにクラクションを鳴らして通り過ぎた。逃亡中の金嬉老も、やはりクラクションを鳴らし、下りの車と挨拶してすれちがったのだろうか、と私たちは話したものだった。

寸又峡に着くと、紅葉の真っ盛りだった。吊橋を渡った対岸がもっときれいだというので、私たちは吊橋を渡った。対岸には、かなり揺れる吊橋を渡った甲斐のある、見事な紅葉のけしきがあった。途中で、藤川清さんは何度か吊橋を渡る幸田文さんに向けてシャッターを切った。バックにある紅葉と、吊橋の中央に立った着物姿の幸田文さんは、見事に溶け合っていたはずだ。

そのあと、旅館の一室でひと休みして昼食をとることにした。男たちがひと風呂浴びて部屋へ戻ると、「いいお風呂だったでしょ」、幸田文さんは自分が入ったあとのように気持よさそうな笑顔で迎えた。

その日、静岡の友人の母上がおにぎりを人数分つくってくれてあったので、皆でお茶を飲みながらそれを食べた。かなり大きいおにぎりで、ひとつ食べれば充分だった。皆が食べ終って、おにぎりをつつんであった葉蘭《はらん》の葉の上を見ると、一個だけ残っていた。友人はその葉蘭の葉をおにぎりごと片づけようとした。

そのとき、幸田文さんが電光石火の早業《はやわざ》で葉蘭の葉の上にあるおにぎりをわしづかみ、

「あたし、食べる!」

と叫んで、パクリとかじった。一同、呆気にとられて、幸田文さんの手もとと口もとをながめていた。友人の母上がわざわざつくってくれたおにぎりを、一個でも残してしまうのに、しのびないものを感じたにちがいない。友人は、今になってもそのときの幸田文さんの素早いやさしさの表現を、時おり思い出すと言っている。

その少しあと、私はやはり静岡へ行き、久能《くのう》の浜のしらす小屋から、生のしらすを買ってアイスボックスに入れ、わが家へ帰る途中で連絡もせずに小石川の幸田邸へ寄り、運よく在宅中だった幸田文さんに、生のしらすを一パックとどけたことがあった。

一月から禁漁となるしらす漁が、三月二十一日に解禁になる。それを待って生のしらすを食べに行くのは、清水育ちである私の身についた習慣だ。そして、これを東京の知人に味わわせてやろうと思い立つことがあり、土曜日などの早朝、しらす小屋へ電話をして出漁したか否かをたしかめ、アイスボックスをかついで新幹線に乗ることもあった。その日も、そんな気分で久能の浜へ向かったのだった。

「あらあらあら……」

玄関にあらわれた私に、目をぱちくりして見せた幸田文さんは、私が説明しながらアイスボックスから取り出し、おもむろにさし出した生のしらすのパックに、魚市場の仲買人みたいな興味深げな目を注いで身を乗り出した。

生醤油《きじょうゆ》、酢醤油、わさび醤油、しょうが醤油、酢味噌などで食べますが、ボクは生醤油でやります……性急にそう説明して、早々に引き揚げようとすると、

「ちょっと待ちなさいよ！」

幸田文さんは私をはげしく手で制止するように言い、そのまま廊下の奥へ走って姿を消したかと思うと、同じ早さで玄関に戻って来た。そして、その手には箸と醤油が持たれていた。

幸田文さんは、パックのふたをあけてすみの方へ醤油をほんの少し滴《た》らした。それは、本当に生のしらすを食すにふさわしい、見事に程のよいほんの少しの醤油だった。そのあと、箸で醤油を滴らせたしらすを口に入れ、

「おいしい！」

と叫んで、パックのふたをした。そして、私に向かって払い出すような手つきをして、

「ほら、急ぐんでしょ。みんな待ってるんでしょ、しらす」

と言って、にこっと笑った。その場で味をたしかめないまま私を帰すのは見るにしのびないというやさしさの、これまた幸田文流、電光石火の早業だった。私は、うれしい気分で幸田邸を辞し、待たせてあったタクシーへ乗り込んだものだった。

そういえば幸田文さんはあるとき、焼きたてのサンマを皿まで持ってくるのがもどかしく、網の上から箸でつまみ、とりあえずひと口だけでも味わってみないと気がすまないタチ、と自分のことを言っていたことがあった。

私は、若造にしてはまことに図々しく、幸田文さんに馴染ませてもらった。作品、生活ぶり、雰囲気にきわめて大人らしい奥行きを感じたが、その大人が急に花道の七三《しちさん》の役者のようにたたらを踏み、電光石火の無邪気さの見得を決めてくれるところが、比類ない幸田文流だったのである。

第八話　悠然たる脇役の存在感

大学三年の頃、テレビ朝日の前身でもあったＮＥＴ（日本教育テレビ）で、ＡＤのアルバイトをしたことがあった。ＡＤすなわちアシスタント・ディレクターは、直訳すれば演出助手というところだが、アルバイト学生によるＡＤは、単なる使い走りという感じだった。

まだ、ビデオテープが一般的でない昭和三十七年という時代で、私がついた番組は日曜日に放送されるメロドラマだった。大林清原作による『この地果つるまで』なるゴールデン・タイムの連続ドラマだったが、これがすべて生《なま》撮り番組だったのだ。のちに久《く》世《ぜ》光彦《てるひこ》さんが『時間ですよ』をわざと生で撮ったのを見たが、わざとではないあの時代の中では天然の生ドラマというわけだった。

私はアルバイトの使い走りだが、もちろん本当のＡＤもいた。だが、そのＡＤとて本番のときに三台のカメラのケーブルがからんだり、照明が消えたり、音声が途切れたり、俳優がセリフを忘れたり……つまり生番組ゆえに起る不慮の出来事に対処する反射神経をまず問われた。すぐれた作品をつくりあげるための演出力より、進行が早すぎたり遅すぎたりした場合、そこをどう切り抜けるかに腐心しなければならぬという、ま、そんな時代だったのである。

私の仕事はといえば、作者の原稿を受け取りに行くこと、それを台本に仕上げる手筈、キュー・シートなる番組進行表みたいなものをつくり、美術室、技術室、アナウンス室、番組考査室、そして台本を主要な登場人物を演じる俳優のところに届けることも、学生アルバイトＡＤたる私の仕事だった。本番の日などは、本当のＡＤの指図にしたがって、訳も分からずスタジオをうごき回っていただけだった。

台本を届ける大物のひとりに、初老の俳優・斎藤達雄さんがいた。彼は、映画俳優の中でも一風変った脇役だった。医学博士、裁判官、サーカスの団長、貿易会社のおえら方、それに怪しい外交官などが似合う、当時としては稀少価値をもつ個性といってよかった。私は、映画でしか見たことのない俳優であった斎藤さんの家へ台本を届けに行くときは気が弾んだものだった。

学生の私から見ても、斎藤さんはその頃めずらしい洋風の雰囲気をもつ紳士だった。俳優はだいたい衣裳部の選んだ服を着るが、斎藤さんは自前の服しか着なかった。外交官の服装のイメージなんぞ、テレビ局の衣裳部に分かるはずがない……そういうスタンスだったように思う。

実際、斎藤さんは高級なツイードのジャケットやボルサリーノの帽子、懐中時計、パイプ、ステッキ、それに口髭がよく似合っていた。そのダンディな紳士ぶりにもうっとりさせられたが、斎藤さんは学生の私に対しても平衡感覚で話をしてくれる大人でもあった。斎藤邸で、出してもらう苺ジャムを入れた紅茶を飲みながら、三十分ほど斎藤さんの話を聞くのが、学生の私にとってはきわめて愉《たの》しい時間だった。

「このランプなんだがね……」

あるとき、斎藤さんはそう言って、天井から吊られた古風なランプを指さした。私は、そう言われなければ、そのランプの存在にも気づかぬレベルの学生だった。

「これはね、ロシアの骨董屋で気に入って買ったんだがね、持ち帰ってみると鎖が長いんだなあ」

「はあ……」

「ほら、このランプは天井から鎖で吊るようにできてるんだよ」

「……」

「ところが、うちの天井は低すぎて、鎖の長さが余っちまうんだね」

「あ、はい……」

「そのまま吊り下げると、ランプがテーブルまできてしまうんだ」

まことに不都合が生じたわけでね……と、斎藤さんは口髭をゆがめながら含み笑いをして、私の目をのぞき込んだ。その表情は、いつかスクリーンの中で見た、怪奇的な中年紳士を演じる俳優の貌《かお》になっていた。やがて、斎藤さんはかたわらにあったパイプタバコの缶を引き寄せ、ガウンの胸ポケットにさしてあった愛用のパイプを取り出して、見たことのないデザインの小さなマッチ箱を取り出した。そのマッチは、Ben Lineという外国の貨物船のものだと、あとで聞かされた。マッチもまた、斎藤さんらしい小道具だった。

「で、この長い鎖をどうしようかとしばらく思案したものだった……」

香りのよいパイプタバコの匂いが、大人の匂いとして部屋にただよっていた。

「さんざん考えたすえ、何だこうすりゃいいんだと気づいてね」

「……」

「でまあ、けっきょく天井を上げた」

「へ……」

「いや、そうすればランプを買って来た甲斐があるっていうことさ」

「あの……鎖を切って短くすることはお考えにならなかったんですか」

「うん」

「……」

「だってきみ、長い鎖のついた作品としてのランプを気に入って買ってきたんだもの」

鎖を切るなど思いもしなかった、と斎藤さんは口髭をゆがめて笑いながら言った。

「いや、実のところ厄介な買物をしたとは思ったがね。しかしきみ、このランプの高さ、なかなかいいだろ」

「高さ……ああ、ちょうどいいですね」

「きみもそう思う？　それなら天井を上げたのは意味があったわけだ」

「天井を上げるっていうのは、改築工事みたいなことになりますよね」

「まあ、けっこう大袈裟なね……」

そう言って斎藤さんは天井を見上げ、改装工事のあとで、鎖を切らぬままのランプを吊るした瞬間を思い出してでもいるように、満足げな笑みを浮かべていた。

ランプの鎖が長すぎたから、鎖を切るのではなしに天井を上げる工事をした……あえてロシアと呼ぶソ連（当時）の骨董屋で気に入り、出来心で大枚をはたいて買ったのだろう。そのランプに対する敬意が、鎖を切って短くすることを思いつきもしなかったことにあらわれていた。

ランプだけでなく、ツイードのジャケット、フラノのズボン、靴、ステッキ、眼鏡、パイプ、マッチ、それに書斎に並べられた『サマセット・モーム全集』などのすべてに、斎藤さんの敬意は向けられていたにちがいない。

男の小道具……などと軽く言うけれど、それらに対する斎藤さんのこだわりは、並大抵のものではなかった。そんな心根が斎藤達雄という、悠然たる脇役俳優の存在感をつくり上げていた。

スクリーンからかもし出される、時代を超え、日本人のテイストを超えた大人の洒落たセンスの正体が、その心根にはからみついていたにちがいない。

私がテレビ会社のアルバイトADをやったのは、ほんの一年足らずのことだったが、そのときのもっとも贅沢な体験として、斎藤邸の天井から吊るされた、ロシア製のアンティック・ランプが、目に強く灼《や》きついている。

あの当時、似たタイプを俳優の中に探すならば、十朱幸代さんの父上である十朱久雄か江川宇礼雄《うれお》くらいだろうか。つまりは、得がたい少数派だったのだ。

日本の戦後の時間の中に、超然と存在した初老の紳士……そんな人に出会うことができたのを自分の財産と思う気持は、年をかさねるごとに強くなっている。もはやあの頃の斎藤達雄さんよりも年上になっている私自身が、あのような男の小道具への見事な敬意のあらわし方を、何も身につけていないことをかみしめるばかりだ。

そして現在、斎藤達雄さんのごとき老紳士が輩出しているかといえば、否、男は刻一刻と幼児化してゆくけはいだ。内面に悠然たる大人の流儀を身につけぬ者が、ただ不精風のヒゲに整え、日焼けサロンで肌を灼き、眼鏡のフレームに凝り、洒落込んだファッションを身につけてちょい悪《わる》オヤジに成りすましたとしても、それはこの時代における、薄っぺらな切紙細工にすぎぬようにに思えるのである。

第九話　大人びた大リーグの匂い

メジャー・リーグは大人の世界だ。そう思うようになったのは、巨人軍の松井秀喜選手がヤンキースに入り、その試合を衛星テレビで見る習慣が身についてからのことだった。

私は、十四年半くらい前にめまいを起して、入院という経験を初めて味わった。というより、生来の丈夫で、これといった病気との縁がそれまでにはなかった。編集者時代に担当していた、病気のデパートを自負する吉行淳之介さんからは、私が作家になったときこの点をうれしそうにいじられた。

「キミね、戦後の日本文学は、戦争・病気・貧乏から成り立っているんであってね、日本は丈夫の文学なんてのは成立しにくい土壌なんだ。アメリカならヘミングウェイって世界もあるがね」と、からかわれたものだった。

だから、めまいを起して入院したときは、この快挙を吉行さんに報告したいな……とさえ思ったが、このとき吉行さんはすでに鬼籍に入られていた。それはともかく、めまいでの入院というのは厄介（これもまた吉行さんの常套句だが）で、そのときはテレビを観たり本を読んだりすれば即座に疲労を感じて血圧が上がり、原稿の執筆などは程遠い状態だった。三枚くらいの連載エッセイをかるくこなしてみようと取り組んでみると、たちまち疲労困憊してぐったりした。

執筆どころか、テレビを観るのも眼に疲労を与え、あとはラジオしか残されていない。そこで、持ち込んだラジオのナイター中継を聴くのが、入院中の唯一の楽しみとなった。

私は、生まれは東京、育ちは清水みなとでいずれにしても関東圏、お定まりの巨人ファンとして育った、とそのときまでは思っていた。だが、疲労を承知の上で無理矢理テレビ画面で観たいのは、松井選手が登場する画面のみだった。

そこで、他の場面はラジオで聴き、松井選手がバッターボックスに立つときだけ、テレビの画面に目を向けることにしていたのだ。そのとき、かねがね自分は巨人ファンだと信じ込んでいたが、実はそそられる野球選手が巨人にいたのであって、巨人というチームのファンではなかったことに気づかされた。思い返せば、川上選手、長嶋選手、王選手、江川投手、そして松井選手……私が強くそそられたのはこの五人くらいに絞られるのだが、その五人がたまたま巨人軍に在籍していたのだということを、病院で不意打ちのように得心させられたのだった。

そして、病院で観た松井選手がバッターボックスに立つ私にとっての貴重な場面で、何度も苛立ちをおぼえた。これほど集中している場面で、ほとんどの投手が、松井選手に対してあきらかにまともに勝負していないことが分かったからだ。中日の福留《ふくどめ》選手が松井選手と首位打者を争っていたせいで、中日などはとくにあからさまに勝負を避けていたような気がしたが、他のチームも同じ感じだった。

私は、通常よりも濃く熱い気持で、ラジオからテレビ画面に切りかえるのだが、三週間の入院中で、松井選手とまともに勝負してくる投手は皆無といってよかった。

その年の暮れ、松井選手はＦＡの権利を行使して、メジャー・リーグ行きを希望し、ヤンキースに入った。私は、病院での松井体験から、メジャー・リーグ行きを充分に納得した。甲子園での五打席連続敬遠という松井対策が、プロ野球においても大成長した松井選手をおそっていたことを、入院中の病院で痛感させられたからだった。それはともかく、そこから松井選手への〝追っかけ〟気分による、私の偏執狂的なヤンキース・ウォッチングが始まった。衛星中継があるかぎり、ヤンキースの試合を観るようになったのだ。これは、野茂投手の快挙にもイチロー選手の大活躍にもなかった、私のメジャー・リーグへの反応ぶりだった。

でまあ、松井選手にみちびかれて当然のように目にすることになったヤンキースというチームの何とも言えぬ大人っぽさ、それも大人が演じる大人っぽさの醍醐味に、私はしびれるような魅力を感じていった。松井選手という類稀な大人っぽい選手を軸におく、私のヤンキース・ウォッチングが、こうして始まったのだった。

ヤンキースを率いるジョー・トーリ監督（当時）の、渋い含みのある表情には、これまで日本のプロ野球では見たことのない大人っぽさがあった。味方のピッチャーが無残に打たれつづけたあげく、苦渋にみちた顔でベンチを出て、一歩ずつ踏みしめるようにピッチャーに向かって歩き、怪しい神父さんみたいな慈愛にみちた眼差でピッチャーからボールを受け取り、外野の裏側にあるブルペンからマウンドに走って来る投手を待つ。このピッチャーも頼りになるわけじゃないし……そんな色がトーリ監督の頰に残るかすかな傷跡にかさなったりして、まさに名優の存在感だった。

そして、このトーリ監督の松井選手に向ける信頼感のありようからも、日本では感じることのできぬ大人びたセンスがただよってくる。また、以前から気づいていたことではあったが、松井選手がいかに他の日本のプロ野球選手とちがった、大人びたテイストをそなえているかということも、ヤンキースという額縁の中で同時に認識させられたのだった。

松井選手のメジャー二年目になると、私はノートにメモをしながら衛星放送観戦をしはじめた。そして、シーズンが終ってたしかめてみると、おどろいたことにメジャー・リーグ百六十二試合のうち、何と百十八試合を観ていたことが判明した。全盛期の巨人戦でも、中継は夕方からであり、そんな回数の野球観戦はもちろん不可能だった。私が物書きとなり、松井選手がメジャー入りし、ヤンキースの中継時間が午前八時か九時を基本としてスタートすることから、これほどの野球観戦が成り立ってしまったというわけだ。

そうやって日々（本当に日々、なのだ）ヤンキース戦を観ていて、たまに日本のプロ野球を目にすると、私の目にはまるでベースボールの盆栽のようなけしきとして映ったりもした。パワーや技術やスピードの問題ではなく、そこにあらわれるメジャー・リーグの野球の場面場面の大人っぽさに、日本のプロ野球の風景はとうてい及ばないのである。

その次の年に、ランディ・ジョンソン投手がダイヤモンドバックスからヤンキースへと移籍してきた。この伝説的大投手の移籍は、かつて国鉄の金田投手が巨人入りしたのに似て、ヤンキース・ファンにとっても、複雑な気分にさせるものがあった。それはまあさておいて、ランディ・ジョンソンはやはり天才肌の、わがままな大投手だった。

ある日の試合にランディ・ジョンソン投手が先発し、立ち上がりから無失点に抑えてはいるものの、何となくボールが高目に浮いていた。何回目だったたか、先頭打者に第一球を投げたあと、ポサダ捕手がなぜかマウンド上のランディ・ジョンソン投手に走り寄った。この野郎この俺様に何の文句があるんだ……ランディ・ジョンソン投手は不快感を面《おもて》にあらわし、ポサダ捕手をにらみつけるようにした。

するとポサダ捕手は苛立ち気色《けしき》ばんだランディ・ジョンソン投手に近づき、その前をスイと通りすぎた。何だコイツ……という顔のランディ・ジョンソンを尻目に、ポサダ捕手はマウンド後方にあったピッチャー用のロージンバッグに手をやり、自分の指を拭うと、これでよし！　という顔で、ランディ・ジョンソン投手には目もくれぬまま、キャッチャーの位置へもどり、何事もなかったかのような無表情でミットをかまえた。

その一部始終をにらみつけるように目で追っていたランディ・ジョンソンの顔に、ニヤリとした笑みが生じた。この野郎、なかなかやるじゃねえか……そんな表情だった。

そこからランディ・ジョンソンのボールはあきらかに球威と制球力をました。これこそ、まさにハリウッド映画の名場面、宗教画に描かれる羊飼いの少年のようなポサダと、西部劇の人気悪役を彷彿とさせるランディ・ジョンソンの、見ごたえのある名演技の応酬だった。

そんな環境の中で、大人のテイストを互角に匂わせている松井選手が、自分にふさわしい環境を手に入れたのはあきらかだった。左手首、左右の膝、年齢の曲り角……負うべき痛みを知った松井選手は、やがてエンゼルスへと移籍した。そして、さまざまな事柄があってのちヤンキースから移籍し、エンゼルスの四番打者としてヤンキースタジアムでヤンキースと対戦した松井選手を、ヤンキース・ファンはスタンディング・オベーションで迎えたのだった。これは考えてみればあり得ぬとも言えるけしきであり、これこそ松井選手の〝大人びた大人〟の魅力が、ニューヨークっ子にみとめられた場面だった。

その後、選手生活を引退した松井秀喜という男が、大リーグ選手時代よりさらに高い大人の地平へと踏み出したながれは、ご存知の通りである。

第十話　豪華船上の老紳士

自分で納得できるような大人になるまで実行せず、取っておきたい旅というのがあった。

それは、外国船に乗る船旅だった。仕事をからめることなく、ひとりで悠々と船旅を愉しむ……そんなことが味わえる自分の晩年を、ひそかに想像したりもしたものだった。

作家という稼業になって、その夢に拍車がかかった。かつての文士の外国行きは、すべて船旅だった。洋行というくらいだからなあ……と、船旅における横光利一などの姿を思いめぐらし、うっとりとした気分にもひたった。

往年の文士とはいかぬものの、とりあえず文を書く立場となって目標となった、ひとつの宝物という気さえしていたくらいだった。

ところが、この〝取っておきの旅〟が、あるときあっさりと実現してしまった。しかも仕事がらみであった……こういうことはよくあるんだよなと悔やみながらも、私はすんなりとこの仕事を引き受けてしまった。仕事をする習慣に、気持が寄りそっていたのだろう。

船は名にし負う英国の豪華船クイーン・エリザベス号であったが、私の旅程は香港からシンガポールまでであり、大航海のほんの一部をかすめるといった感じだ。そして仕事はといえば、香港からシンガポールまでの二泊三日のどこかで、船内の日本人乗客を相手に講演をすることだった。頭に描いていたつまり、〝取っておきの旅〟とは、およそつながらぬかたちで、私の船旅は心ならずも実現してしまったのだった。

飛行機で香港へ行き、一泊して港からクイーン・エリザベス号に乗船したが、香港からシンガポールまでは、乗客のほとんどが日本人か中国人の観光客だった。

そこで、船内にアジア人だけではシャレにならぬとばかり、英国人の乗務員が交替でプールサイドやデッキやゲーム場やバーにあらわれ、クイーン・エリザベス号にふさわしい〝洋風〟のけしきをつくり上げていた。つまりはサクラである。

乗客のアジア人にとって、目にするのがアジア人だけというのは物足りなかろうという主催者のセンスによるプランなのだろうが、当たっているだけに上から目線の余計なお節介とも言いかねて、きわめて複雑な気分だった。

船の中には、船旅の退屈を消すべく、さまざまな設備が用意されている。バー、スナック、レストラン、ディスコ、カラオケ、ナイトクラブ、カジノから英会話教室にいたるまで、ともかくおびただしい空間が乗客を待っている。そして、乗客はまことに素直かつ冷静にこれらの設備を満喫している。

乗ったからにはすべてを貪欲に味わいつくす……そんな乗客の姿に、エネルギッシュ、生真面目、貧乏性、受動的などの言葉がかさなって見えた。そこまで必死に遊び、必死で体験しようとする姿には感服するものの、どこか悠然たるべき船旅の世界にはそぐわないような気もした。

あらゆる設備を用意し、そこかしこに白人の風景をちりばめる、豪華船のプランは図に当たっているわけだし、日本人および中国人たちの乗客も大満足の態《てい》で、何とも目出たい組合せという観があった。だが、かつての〝洋行〟の時代における船には、このような細ごまとした設備があったのだろうかと、私は思い描いていた船旅とのイメージの落差に、首をひねったものだった。豪華船のけしきが、やけに子供っぽく映るのが、違和感の芯にあるのはたしかだった。

しかし、私はといえばこのような雰囲気に馴染めぬ気分をもてあそびつつ、さまざまな光景を遠目に見ては歎息し、自分の船室に帰っては遠い水平線を打ちながめることのくり返しで、とうてい豪華船の旅を悠然と愉しむ余裕などありはしない。それくらいなら無邪気にあらゆる設備を味わいつくしている方がましか……そのような心持のまま、あいまいな時をすごしているにすぎなかった。

そんな私が、ふと思い立って出かけた船内のショットバーのカウンターで、ひとりの日本人の老紳士と出会った。

その老紳士は、遠目にながめていたさまざまな空間の中でも、何度か目にしていた人だった。プールサイド、デッキのベンチ、アイスクリーム売場、カジノ……それらの雰囲気の中に、その老紳士はすんなり溶け込んでいた。

サクラを演じる乗務員の白人とは、ひと味ちがうセンスを放っていたその姿が、私の目にフラッシュバックのようによみがえった。

「どちらまで……」

老紳士に声をかけられて、シンガポールで下船することを話すと、

「ああ、ほとんどの方々がシンガポールで降りられるでしょう」

老紳士は、そう言って笑みを浮かべた。

「あなたは、どちらまで？」

「終点まで」

「……」

「いや、一航路味わうのが習慣でしてね」

「すると、何度かこの船で……」

「いや、クイーン・エリザベス号は初めてですが、いろんな船でね」

「おひとりで？」

「ええ。家内が亡くなってからはひとり旅ですな」

「じゃ、以前は奥さまと……」

「船旅はね、家内が好きだったんです」

「……」

「まあ、家内との思い出もありますが、その思い出と道連れのひとり旅を、近ごろはすっかり気に入ってしまいましてね」

「はあ……」

老紳士は、とりたてて表立ったお洒落を感じさせることもなく、眼鏡も懐中時計もさりげないものだった。白がかった髪の毛には、あまり手入れをほどこさぬらしく、寝癖の余韻を残したような無頓着さが見えた。ただ、姿全体のたたずまい、声、物腰に日本人の大人らしい、静かで穏やかな威厳があった。それは、私自身が将来の夢として描いていた、〝取っておきの旅〟の客にふさわしいテイストだった。かつての文士と洋行の組合せに通じる匂いが、老紳士から伝わってくるようだった。

「お仕事はどのような……」

「仕事ですか。まあ、建築家かな」

「建築家というと、設計を……」

「まあね、建築家、数学者……いや、やはり仕事といえば建築家ということになるんでしょうな」

建築家、数学者……この二つはどこかでつながりそうだと思ったが、さらに具体的な内容をたずねることはひかえた。数学者にして建築家、そして豪華船の客……それで充分だと思ったからだった。

締切に追われて書くのが作家だが、悠々と文章を書いて生きるのが文士……かつてそのように語っていた人の顔を、私はなつかしく思い出していた。そして、この老紳士もその意味では〝文士〟のひとりなのだろうと思った。老紳士が文章を書く人なのかどうかはついにたしかめなかったが、その姿にはフィクションのけはいがあった。豪華船のバーのカウンターでグラスをかたむけているだけで、登場人物としての充分な魅力をもっているのだった。

老紳士と、クイーン・エリザベス号の中で話を交わしたのは、その一回だけだった。シンガポールで下船したあと、私は何度か老紳士の船内での様子を想像したが、やがてその記憶は薄れていった。

そして十年ほどの時がたったある日の夕方、東京のあるホテルのバーで、私は老紳士と偶然に再会した。

「やあ、しばらくですなあ」「奇遇ですね……」、そのときも、そんな言葉を交わしたのみで別れ、それからさらに三十年近い歳月がすぎているが、何の根拠もなく、どこかとんでもない場所で老紳士ともう一度会うような気がしている。

そのとき老紳士がどんな風貌になっているかを想像するのはむずかしいが、私が悠々たる船旅のできぬ、中途半端な大人でいることだけはたしかなのである。

第十一話　反則がかもし出す華

谷崎潤一郎氏が亡くなったのは一九六五年のことだったが、このとき私は中央公論社の駆け出し編集者だった。

この頃、作家の葬儀には、その作家と縁の深い出版社の社員がかり出されたものだった。私も、入社の年に舟橋聖一《ふなはしせいいち》氏のご母堂が亡くなられ、訳が分からぬまま目白の舟橋邸に行き、会葬御礼の宛名書きをやった。そのときは、会社の先輩の指示をあおぎ、他社の若手たちと一緒に黙々と作業をこなしたものだった。

谷崎潤一郎氏は、全集が出ているばかりでなく、戦中から戦後にかけて雑誌「中央公論」に『細雪』が発表され単行本化されたのをはじめ、『春琴抄』や『鍵』などを次々と発表した、中央公論社にとって深い縁のある作家だった。一九六五年といえば谷崎潤一郎七十九歳のときであり、日本文壇において〝大谷崎〟としてその頂点に君臨していた。

その葬儀は、中央公論社の社葬のようなかたちで行われ、社員は総出でかり出された。このとき、部長以上はモーニング・コートをつくったが、それを身にまとった社の幹部たちの、着慣れぬ服装にとまどっていた姿が目に残っている。

私は、上野寛永寺の住職を迎えに行く役だった。社の大袈裟なハイヤーに乗ってお寺へ行き、住職とともに虎ノ門の料亭「福田家」に着くと、社員をはじめ大勢が出迎えるありさまにとまどいながら、とにもかくにも住職を控室へご案内して、ほっと胸を撫でおろしたものだった。

それが終ると、受付の近くに立って会葬者を案内する役が与えられ、次々とあらわれる作家、学者、政治家、女優、財界人などの姿を、虚ろな目でながめていた。これだけ有名人がそろってしまうと、もはや現実ばなれした風景で、勢揃いの役者を陶然と打ちながめているような気分になったものだった。

かなり高名な作家や政治家も、〝大谷崎〟の葬儀となれば身を引きしめ、いんぎんな面持で記帳をすませ、葬儀会場となっている大広間へ向かって行く。日ごろは軟派的な雰囲気をまきちらしている作家でさえ、この会場ではやはり緊張のせいか表情をかたくしているようだった。

そのとき、すでに暮れ泥《なず》んでいる空の下、入口のあたりに白い色がゆれているのが見えた。その白い色が人の姿であることが、やがて分かってきた。その人物は右にゆれ、左にゆれながら私のいる受付の方へ近づいてきた。白い色の主は、作家の吉田健一氏だった。白いソフトをかぶり、たっぷりとした麻の三つ揃いを着て、白い靴をはいた吉田氏は、すでにかなりの酩酊状態と見えた。その姿からは、死への哀悼や悲しみの情よりも、〝大谷崎〟の大往生をめでる気分がとどいてきた。そうやって近づいてくる吉田健一氏の鮮烈な姿を、私は茫然とながめていた。

吉田健一氏は、英文学者で小説家だが、その父は元首相の吉田茂。外交官であったその父にしたがって諸国を転々とし、ケンブリッジ大学を中退。エドガー・アラン・ポーの『覚書』やポール・ヴァレリーの『精神の政治学』『ドガに就《つい》て』などの翻訳や海外文学の紹介によって文筆活動をはじめ、一九三九年に、中村光夫氏らと「批評」を創刊し、初めて文芸批評の筆をとった。

近代日本の主流を形成している、私小説的性格を拒否するというのが、吉田健一氏の一貫した文学姿勢だった。また、大衆文学と純文学の区別なく、言葉で読者を魅惑するという点に、文学的価値の根本をおく姿勢を堅持していた。そして、小説とエッセイのどちらとも不分明な『酒宴』『残光』などによって、きわめて独自な味わいを残した作家であった。

谷崎潤一郎氏の葬儀の頃、私が吉田健一という存在の重みや深さを知っていたかといえば、まことに心細いかぎりだ。だが、このとき異彩を放った吉田健一氏の姿が、私の目に強く灼きついて、記憶の中に深く刻み込まれたのはたしかだった。

中央公論社の社員をはじめとするいわゆる通夜をつかさどる側の服装はもちろん、焼香にやって来る人のすべてが、黒一色の服装に身をつつんでいた。これがいわゆる常識であり、普通の意味で死者に礼をつくすかたちというものだろう。

だが、葬儀への訪問者の中で、〝大谷崎〟がもっともよろこんだのは、一見不埒《ふらち》とも見える、吉田健一氏の出立《いでた》ちではなかったか。私は、あの日のことをふり返るたびに、そんな思いをいだくのだ。谷崎潤一郎氏は、純文学と大衆文学の境界線などに関わりなく、多くの読者をその文章で魅惑し、しかも文壇の大御所へとのし上がったあげくの大往生を遂げた。目出たいかぎりではないか……そんな気分が、吉田健一氏の姿かたちから発散しているようだったのだ。

葬儀の席らしいそれなりの服装に身をつつんで、いささか謹厳な態度でその場にのぞみ、失礼のない立居振舞いでこなすべきことをこなす……といったようなことが、いわゆる大人のありようとして語られることが多い。それはそれで、普通のマナーとしては充分なのだが、大人の幅というのは厄介かつ興味深いものがあり、そのまた上に奇妙な自由が残されているのだ。ただ、この奇妙な自由を実行するには、飛び抜けた気位と存在感が求められることになる。

あの日の葬儀における吉田健一氏の出立ちや態度は、普通のレベルでいえば反則の域に入るかもしれない。しかし、吉田健一流の気位の高さと故人への熱い想い、そして並でないセンスによって、それは強い存在感として人の目に映り、心を打つ。これぞ普通の意味での大人の礼儀を超える、特権的な大人の流儀というやつである。

思えば、「福田家」の門口《かどぐち》に立ったときの、すでにかなりの酩酊をあらわした様子も、なかなかのものだった。その日の昼すぎぐらいから谷崎潤一郎の思い出を肴にブランデーをちびりちびりやっていたが、さまざまな思い出をもてあそぶうち、つい酩酊の域に達してしまった。その酩酊を道連れに、右へ左へとゆれながら焼香の場に向かっている。そんな風情が、あのたっぷりとした生成《きな》りの麻の三つ揃いと白いソフトと白い靴の組合せにはただよっていた。

礼儀、礼節、品格を身につけるのは、一般的な大人の教養としてあり得るのを承知していながら、その上にある風格に爪をかける域には、それらを咀嚼したあげく放り投げてしまうような、奔放な真心や遊び心がある。そこを無視して、ただ一般教養を身につけて事足れりとするのは、大人の流儀としては、いまひとつ喰い足りないのである。

こんな領域を軽々とこなした吉田健一氏の文章からは、純文学と大衆文学、エッセイと小説といったジャンル分けを嘲笑《あざわら》うかのようなセンスが伝わってきた。句読点や改行のない延々とつづく文章からも、堅苦しさなどはいっさい感じなかった。そうやって文章の綴りをあやつっている作者とともに、きわめて贅沢な遊びに興じているような、そんな味わいがとどいてくるのだった。

後年、文芸誌「海」の編集部に在籍していた頃、吉田健一担当のYと一緒に、銀座の「ソフィア」というバーで一度だけお目にかかったことがあった。夕刻のバーが、吉田健一氏にいかにも似合っていた。そのときは、洒落たチェックの上着の下に赤い色のチョッキを着て、フラノのズボンに白い靴という姿だった。私の目のうらに、あの〝大谷崎〟の葬儀の日の出立ちが、ちかちかとよみがえったものだった。

吉田健一氏は、一九七七年に六十五歳で亡くなった。してみると、あの葬儀の頃は五十三歳ということになる。それを思いかさねたとき、吉田健一という人の風格が、超弩《ちようど》級《きゆう》のものであったことを、今さらながらかみしめさせられた。ただ、これもまた下手《へた》に真似ようとすれば、大ケガのもとになるのであります。

第十二話　ついに小説を書かなかった男

一日ひとり、それ以前に会ったことのなかった人に会う……それをノルマにしてみろと新米編集者の私にすすめてくれたのは、中央公論社の先輩Sさんだった。編集者とは便利なもので、名刺ひとつで誰でも会ってくれる、とSさんは言った。当時はその言葉にリアリティがあり、たとえば作家に事務所や秘書やマネージャーなどあり得ないのが常識、とりあえず当人に電話をして身分を名乗れば、気分次第で会うことが可能な時代だった。

そんなふうにして会ったあと、深いつき合いになった人がかなりあったが、伊丹十三(その頃は一三)さんもそのひとりだった。

一番町にあった伊丹さん宅は、不思議な空間だった。当時、伊丹さんは川喜多和子さんと結婚していて、その家はたしか和子さんの両親たる川喜多長政（東和商事＝のちの東和映画、東和、東宝東和の創設者）・かしこ夫妻の持ち物だった。門というより空地の入口みたいな扉を開け、目の前にある建物の階段を上がったところに、伊丹家の玄関があった。階下には伊丹家の掃除などをになう夫婦が住んでいることをのちに知った。そして、こういうありよう自体が、どこかヨーロッパの匂いを感じさせたものだった。

玄関のブザーを押してしばらくすると、伊丹さんがドアを開けてくれたが、そこからだだっ広い居間が見えた。居間の奥に炬燵の台があり、壁沿いに三段くらいの低い本棚があって、そこにサマセット・モーム、ジャン・コクトー、小林秀雄、吉野秀雄、内田百閒などの書物が脈絡なくおさめられていた。ピアノが一台、ウイスキーとジンの瓶がのっている酒棚みたいなケースがひとつ、それ以外に目立ったものはなかった。二階（のちに屋根裏部屋と判明。そこには若干の書物、使わないライティング・テーブル、その他のがらくたがあった）への螺旋《らせん》階段を、居間から打ち眺めるのもひと風情という趣《おもむき》。屋根裏部屋というのがまた、ヨーロッパ的だった。

白黒テレビが一台あったが、画面に画が映っていることは、あまりなかった。伊丹さんは、炬燵の上に置いた台で書き物をしているらしく、その炬燵のあたりから玄関方面へ目を投げると、奥まったところに寝室のドアらしきものが見え、その手前右手に浴室と洗面所とトイレのある一室があった。浴室が檜風呂というのも、あとになってみれば伊丹さんらしいセンスだと納得できた。

最初に私がたずねたとき、伊丹さんはブリティッシュ・グリーンのセーターに茶色いコール天のズボンという出立ちだった。ふつうの男が着れば地味でしかないが、その姿が何とも恰好よく見えるのが伊丹さんらしかった。何かの拍子にセーターとズボンのあいだに背中があらわれ、しかもセーターにかすかな破れ目が見えたりするのも結果オーライのお洒落……三十歳をすぎたばかりの伊丹さんは、それまでの日本人の男たちの中にあまりない、病んだヨーロッパの香りという特権的な雰囲気につつまれた、妙に大人びたタイプだった。

テーブルの上に消しゴムが置き忘れられたようにあり、グラスの中に、uniの鉛筆が二、三本突っ込んであって、けっこう大き目のグレーの罫《けい》が入った原稿用紙が、無造作に置かれていた。伊丹さんは鉛筆で書くのか……『ヨーロッパ退屈日記』(昭和四十年）を出版した直後の伊丹さんに、私はそんな思いをかさねた。

そのときは、おそらく『ヨーロッパ退屈日記』の読後感と、伊丹一三自主製作による三十分ばかりの奇妙な映画『ゴムデッポウ』をアート・シアターで観た感想などを向けたのだろうが、それ以外に何を話したかは忘れてしまった。しかし、その日から伊丹さんとはいっぺんに親しくなり、仕事としては、「婦人公論」編集部時代に「母と子のためのなぜなぜ百科」という連載が実現した。空はなぜ青いのか、お日さまはなぜいつまでも追いかけてくるのか、お酒に酔うとなぜ顔が赤くなるのか、原始人はなぜいるのか……など子供の素朴な疑問について、三人の学識者に正解を出してもらい、それを伊丹流文体で綴るという内容だった。

伊丹さんは、やがて日本テレビの「2時です、こんにちは」という番組の司会をやり、市川崑《こん》演出による『源氏物語』に出演し、勝新太郎主演のテレビ作品『悪一代』で素朴で無垢な男を好演し、川喜多和子さんと離婚して宮本信子さんと結婚し、伊丹一三から伊丹十三となり、『女たちよ！』『日本世間噺大系』などを次々に出版し、雑誌「モノンクル」の編集長をこなして精神分析学の領域に深く入り込んだあげく何冊かの本を出し、ついには映画『お葬式』（昭和五十九年）によって、〝世界のイタミ〟にいたる……大雑把にいえば、こんなながれだった。

私は、「婦人公論」の編集者として伊丹さんと出会ったが、次に文芸誌「海」編集部へ移った。そのとき、文壇的でない書き手の候補としてまず浮かんだのが、伊丹さんだった。伊丹さんに小説を手がけてほしい……これは、親しい書き手に対してというよりも、文芸編集者としての願望だった。

だが、小説を書いてほしいという私の申し出を、伊丹さんは一貫してそらしつづけた。はっきり物を言う伊丹さんにしては、その理由を定かには口走らなかった。ただ、

「小説を書くのは、そうねえ、五十をすぎてからにでも考えてみようかな……」

そんな伊丹さんの言葉が私の頭に残っている。大人びた伊丹さんにとって、小説はさらに大人びた世界だったのだろうか。さまざまなこだわりとつき合って仕事をつづける伊丹さんの底流に、当分は映画をつくることへの助走という意識があったのかもしれぬ、とは今になって思うことだ。

伊丹さんのような大人びた感性、大人びたユーモアのただよう文体、そして物書きに

ふさわしい浮世ばなれした風貌の持ち主を、文芸誌の編集者として手がけてみたいというのが、私なりの目論みだった。そして、その目論みが実現しないうち、私自身が中央公論社を辞め、物書きとなってしまった。そのしばらくあとに、伊丹さんは映画監督として華々しくデビューした。大人びた伊丹さんに大人びた小説を書いてほしい……という私の願いは、そこで断ち切られたのだった。

伊丹さんは私より七つ年上だった。知り合った頃、伊丹さんは三十二歳、私は二十五歳だったから、かなりの先輩というイメージだった。それでもあれこれと喋り合い、いろんな店へ一緒に出入りし、遊び友だちという感じではあった。ただ、私は伊丹さんとの会話の中で、年齢にかかわる話題はなるべく避けるようにしていた。そこで年齢の差があきらかになってしまうと、一緒に遊んだり笑い合ったりしている場面が、何だか失礼であるような気がしたからだった。

ところが、私が三十歳になったとき、年齢に対するこだわりが嘘のように消えたのだった。三十歳と三十七歳は、同じ七つ違いでも何となく同世代という感じだったのだ。私がそのことを口にすると、伊丹さんは例の大人びた苦笑まじりで、

「いや、ボクもそう思ってたところでね」

と言った。やっぱり、伊丹さんは大人だ……私はそう思った。だがそれ以来、伊丹さんと自分の年齢の差が気にならなくなった。

伊丹さんの死は六十四歳、そのとき私は五十七歳だったが、年齢差についてのこだわりはもちろんすっかり消えていた。

伊丹さんは五十歳をすぎたあとも、小説を書こうとはしなかった。五十を超えた伊丹さんにとっても、小説を書くのはまだまだ先でよいということだったのだろうか。五十をすぎたときに『お葬式』でブレイクしたことで、〝小説〟という言葉が、伊丹さんの頭から消えていたのだろうか。ただ、私には独特のテイストをもつ伊丹十三の文章による大人びた小説を、読者として読んでみたい気持が今も残っている。それは、伊丹さんのあの不可解な死が、私に〝小説〟という言葉を思い起させるためかもしれないのである。

第十三話　アブサンに教わった大人の表情

書斎の壁に「一九九五年　二月十日午前三時　アブサン大往生」と書き記した紙が鋲《びょう》でとめてある。わが家のアブサンという名のネコが二十一歳（人間ならば優に百歳を超える長寿）の生涯を閉じたあと、遺骸《いがい》を少し抱いていていいかとたずねたカミさんの言葉にうなずき、私はそのまま寝室から二階の書斎へやって来た。そして、しばらくぼんやりしていたあと、その文字を紙に書きつけて壁にとめたのだった。

感情などすべて殺し、事実のみを書き記したつもりだったが、のちになって見れば、〝大往生〟にいささかの感情が込められている。アブサンは、つとめていた出版社の上司が日比谷公園でひろって会社へ連れてきたのを、私が引き取った仔ネコだった。上司は、〝ひろった〟のではなく、〝出会った〟のだと強く主張していた。出会った大事なネコをゆずりわたすのだから胆に銘じろ、というニュアンスを、私に伝えたかったのだろう。実際、その言葉は私の耳に灼きついた。

公園で親を探して鳴きつづけたせいなのか、仔ネコは少しかすれた声をしていた。マルセーユあたりの酒場女が、アプサンでも飲みつづけたあげく、しわがれ声になった……そんな思い入れをからめアブサンと名づけたが、わが家に落ち着いてしばらくすると声が澄んできた。その上、すぐに牡《おす》ネコと判明したのだから、マルセーユも酒場女も意味を失ったが、アブサンの名はそのままにした。アプサンでなくアブサンであるところが俺らしいとひとりごちたりしていたが、どちらにしても当のアブサンにとってはいい迷惑な名のつけられ方だったにちがいない。

そのアブサンが、われら夫婦の伴侶として、二十一年のあいだに残してくれた置土産は重い。子供から少年、青年と駆け足のごとくその生きっぷりを見せてくれたあと、やがてアブサンは大人の領域の魅力をたっぷりと味わわせてくれた。そのひとつは、当たり前のことをゆったりと受け入れる横顔だった。

冬の日、アブサンは部屋の中の陽の当たる場所を見つけると、そこでゴロリと寝ころがり、しばしの眠りを楽しむ。耳や尾やヒゲで何かのけはいを敏感に受け止めてかすかな反応を示しつつ、その微妙な感触を眠りの中につつみ込んでいるようだった。

そういう感じをくり返しながら、アブサンは陽光のうごきとともに、眠ったまま軀《からだ》を移動させてゆく。こんな姿からは、神秘という感じが立ちのぼってくるのだ。あんなふうに自在に軀を移動させながら眠りつづけてみたいものだ……と思うだけで、実際に挑戦するのもはばかられるようで、自然体とはこのことなりという風情だった。

そのうち、伸びと欠伸《あくび》をしてゆっくりと立ち上がったかと思うと、陽の光に向かって狛犬のように坐り、前足に尻尾を巻きつけてじっとしている。陽の光の恩恵を真正面から吸収するかのごとく瞑目《めいもく》し、しばらく微動だにしない。ただ陽の光を浴びている、それだけのことがいかに贅沢な体感であるかを、アブサンの満足げな横顔が私におしえてくれるのである。

夏の日、部屋の中の風通しのよいところを見つけ、アブサンはやはり正座して、心地よげに毛足を撫でる風を愉しんでいる。目を閉じたその横顔には、微風を身に受けることの充足感があふれていた。そんな表情を、アブサンは幼い頃から見せていたが、ある年齢になってやけに似合うようになった。ネコが生まれつき持っている、擬人化したい見事な自然体に、それにふさわしい年齢になって磨きがかかってきたということだろう。

私は、そんなアブサンの横に寝ころがり、仲間顔をつくってからちらりと盗み見たりするのだが、アブサンの横顔には何の変化もあらわれず、あいかわらず目を閉じたままなのだ。修行がちがうよ修行が……アブサンにそうたしなめられたような気分になったものだった。

浮つかない大人のすがた、かたち、たたずまいで私を感服させてくれる季節が長くつづいたが、やがてアブサンは大人から老齢に入っていった。かつて、襖を破り、壁を天井までのぼるかとばかり駆け上がり、廊下をすさまじいいきおいで走っては戻りまた走りという、疾風怒濤の動きを見せていたアブサンがわりにゆっくり歩くようになり、眠る時間が長くなったかと感じたあたりが、大人から老人への境目だったような気がする。

いまこうやって原稿を書いている二階の書斎の机のスタンドの下には、藁で編んだ民芸風の丸い座布団が置いてある。これは、ペンを持つ私の手もとにじゃれついたり、スタンドの光の温もりの中で眠ったりするのが好きなアブサンのため、旅先だった松江と出雲の中ほどにある民芸品店で買い、宅配便でわが家へ送ったものなのだ。アブサンがすでにいないのに、藁の丸い座布団だけが残されているのには、少なからず切ない思いがからむのだが、さりとて捨てがたいのであり、そのまま机の上に置いてある。

かつて、私が原稿を書きはじめたのを知ると、アブサンはゆっくりと廊下を歩き、鈴の音をひびかせて階段を上がって、そのまま いきおいをつけてスイと机の上に登場するや、丸い藁座布団のかたちに合わせるように、軀を丸めて勝手に眠りに入ったものだった。人が何かに集中しているところには熱が生じ、そのそばにいるだけでも心地よいことを、ネコという動物はどうやら知っているらしい。〝ネコは炬燵で丸くなる……〟は、その象徴的光景なのだろう。

アブサンは、原稿書きに集中する私から発する熱と、机の上のスタンド・ライトのあたたかさの中で、たまに夢を見たりもするらしく、小さく鳴いてヒゲをピクピクッとふるわせたりもしたものだった。だが、あるときから机へ上がろうとして、ちょっと躊躇するようにしてから、決心して飛び上がるようになった。さらに、まず私が腰を外した椅子へ上がり、そこを中継点として机へ上がることが多くなった。私は、仕事中にアブサンが階段を、かつてとはちがう鈴の音でゆっくり上がって来るのを察すると、原稿を書きながら椅子から腰を外す準備をするようになった。

それはよいとして、机の上からアブサンが床へ降りるときが微妙なのだ。アブサンは、机上の藁座布団でくつろぐことに飽き、急に床へ飛び降りたりするのだが、着地したとたんにウッという小さなうめき声を立てることがあるようになった。

私は、そのウッという声を聞いても、とりあえず何事もなかったようにしているようにした。最初、ウッという声が自分から出たときは、アブサン自身にとってもショックだったにちがいない。何でこの俺が、机の高さから飛び降りたくらいでうめき声を発しなければならないのか。それはアブサンにとってもまず意外であり、次にプライドが傷ついたのではなかったか。

アブサンも、その頃は人間で言うなら八十前後になっているのだから、別に気にすることはないよと、言葉が通じたらなぐさめたかもしれないが、それはかえってアブサンのプライドを逆なでする効果をもったのではなかろうか。実際には、私は着地の小さな衝撃で発せられるそのうめき声の瞬間を、聞かぬふり見ぬふりで通した。何も気づかぬふうを装ったのだった。だが、ウッと声を発してしまったアブサンは、その瞬間、原稿を書いている（ふりをしている）私をふり返り、たしかめるようにじっと目を向けてから、疑い深いうしろ姿で階段へ向かうのだった。私は、額にうっすらと浮かぶ脂汗《あぶらあせ》を感じながら、息を殺して階段を下り廊下から居間へ向かうアブサンの気配を、ペンを宙に浮かせたまま、じっと感じ取っていたものだった。

しかし、着地してふり返ったときの、プライドあふれる老人らしい、あの疑い深い表情とうしろ姿は、私の目に大いなる魅力として残っている。やがて、青息吐息で階段を上がったアブサンを、私が抱き上げて藁座布団にのせるようになった。そして、ついには階段を上がることもなくなって、老齢の表情で私を存分に愉しませつづけたあげく、アブサンはついに大往生したのであった。

第十四話　葬儀のプロの奥深さ

　大学を卒業して、中央公論社に入社してすぐ配属されたのは、「小説中央公論」という小説雑誌だった。この雑誌は、季刊として出発してやがて隔月刊となり、私が会社に入った直後に月刊化されたものの、それから半年くらいで休刊となってしまった。だが、私が在籍しているあいだに、野坂昭如さんのデビュー作「エロ事師たち」が掲載され、中央公論新人賞受賞の少しあとの色川武大さんが「眠るなよスリーピィ」なる実験的小説を書き、未発表資料による「斎藤茂吉・愛の書簡」が掲載され、一方で、子母澤寛「悪猿行状」、海音寺潮五郎「謀将列伝」、司馬遼太郎「新選組血風録」の連載があり、倉橋由美子、大江健三郎といった名が目次に連なる、今になって思えば独特の雰囲気をもつ異色的な雑誌だった。

にもかかわらず休刊の止むなきにいたったのにはさまざまな理由があったのだろうが、折からの推理小説ブームで、いわば売れる小説に光が当たる時代傾向の中で、中央公論社的古風な文芸への価値観が、宙に浮いてゆくながれによることだったのではなかろうか。駆け出しの私はといえば、そんなながれの中でただ何となく、文芸編集者の真似事をしていたという気がする。

編集者となった最初の頃の思い出として、第十一話でも触れたように、舟橋聖一氏のご母堂の葬儀の手伝いというのが残っている。私は、葬儀の日にとりあえず舟橋邸へ派遣され、各社の先輩方の指示にしたがって、会葬御礼の宛名書きをやっただけだった。帰りに、参列者と同じように銀座「空也《くうや》」の最中《もなか》を手渡され、それまで味わったことのない旨《うま》さに、陶然となったものだった。

それから十八年八か月、私は中央公論社で雑誌編集者をやった。所属したのは「小説中央公論」を皮切りに「婦人公論」、文芸誌「海」といった順番で、作家の葬儀にはいくつか立ち会った。谷崎潤一郎氏の葬儀における吉田健一氏のあざやかな印象については、第十一話で書いた通りである。

さて、作家の葬儀が行われるとき、大手出版社の各社に、それぞれ葬儀のプロといった人が存在することを、あるとき知った。とくに有名な方は講談社のEさんと文藝春秋のHさんだった。私はEさんと遭遇することが多かったが、Eさんの仕切りはまさにプロ中のプロのもので、この方が存在しなければ、文壇華やかなりし時代の作家の葬儀が、それにふさわしく滞りなく執り行われることは不可能だったのではなかろうか。

作家の武田泰淳さんが亡くなられて、その通夜のときのことだ。各社の担当者が額を合わせ、葬儀委員長は誰に依頼すべきか、友人代表の弔辞は誰と誰がふさわしいか……といったようなことを検討していた。私も何となくその座に首を突っ込んでいたのだが、そこへ何やら部厚い奉加帳《ほうがちょう》みたいなものをかかえたEさんが、皆さんおそろいで……てな表情で当然のように一座の真ん中へあぐらをかいた。

一同が、さっきから話し合っていた問題を向けると、Eさんは蠅を払うような手つきをして、だから素人は困るんだというふうに眉間に皺をよせた。

「葬儀委員長？　友人代表？　そんなものはアンタおのずから決まるもんでさ、何もここで雁首をそろえてああだこうだ喋ったって時間の無駄、何の意味もない、勘ちがいの主役意識なんだよ。ね、分かる？」

と、ひとにも言われ自負もしている三島由紀夫似の顔でぐいと一座を睨《ね》め回した。

一同は、何を文句言われているのかも分からず、きょとんとしてEさんを見返す。Eさんのふだんの仕事の内容など何も知らぬものの、こと葬儀に関してはこの人の命令にしたがえとそれぞれの社の上司から言いつかって来ているから、とまどいはするものの、憤慨する者などひとりもいない。

Eさんもまた、その力関係は百も承知、葬儀のプロたるオレがいなきゃ事が始まらないんだからと、屈託のないドスを利かせ、奉加帳みたいなのをドスンと皆の目の前に置いて、おもむろに説明しはじめる。この陽気な高家《こうけ》御指《ごし》南役《なんやく》・吉良《きら》上野介《こうずけのすけ》が何を教えてくれるのか、一同は押し黙ってEさんの言葉を待つ、いやもうそれしかないのだ。

「いいですかあ、まずいっとう大事なことは……」

三島由紀夫と吉良上野介が合体し、そこに叩き売りの口上めいた調子《トーン》を加えながら、Eさんの声が高く張り上がる。

「いっとう大事なことは、新しい百円札をそろえること」

「……」

「次に、近所に持ち家が何軒あり、マンションがいくつあって、交番はどこにあるかを確認する」

「……」

「つまり、葬儀で迷惑をかける相手への挨拶だよ。車も混雑するだろうし、人も多くやって来る。ふだんの生活に異変が生じるわけだから、挨拶は当然です」

目の前の奉加帳みたいなものの中には、そのほかの葬儀に関する心得や、行うべき事柄の手順が書き記されているのだろうが、そんな程度の話をするときには、Eさんはそれに指をふれることもない。初歩中の初歩のまた初歩から話さなくちゃならないんだから、まったくやんなっちゃうよな……というEさんの腹の内が汲み取れるようだった。

Eさんの言っていることは、葬儀屋は白い靴をはくべしという初歩の教えみたいなものなのだ。葬儀の参列者はすべて黒い靴をはいて来る。その中で一瞬にして自分の靴を見分け、敏捷にうごくため、葬儀屋はあえて白い靴をはいて立ちはたらくという。葬儀屋の靴が白いのを見とがめる神経など、参列者は絶対に持ち合わせないわけで、これもやはりプロ中のプロの初歩的心得なのだ。

「じゃ、よろしくね。いろいろご苦労さん」

Eさんは、いくつかの指示をすると、そう言って奥の部屋へ……そこには喪主である百合子夫人や故人と親しかった大作家がつめているのだが、その座へもEさんはずいと入って行く。こと葬儀の場であるという点において、プロ中のプロであるEさんは、何《なん》人《ぴと》にも気圧《けお》されることなく、粛々と葬儀に関する事務をつかさどる。

かえりみてEさんに感服するのは、各社から派遣された編集者が、葬儀のプロたる自分を便利だと思って指示にしたがっているが、かならずしも尊敬の念をもってその仕切りぶりを受け止めているのではなく、半ば滑稽感をからめながら自分に向けている視線を、充分に承知していたにちがいないと推測できる点だ。

葬儀の事務にくわしくて便利な男を、ある意味でEさんは演じていた。しかし、何ゆえにEさんの存在が不可欠かといえば、日本特有の葬儀に関する一部始終についての知識、ましてや大御所でもあり複雑な対人関係をもっていた作家の葬儀の取りまとめに関する判断など、もはやほとんどの大人が失ってしまっているからなのだ。親族や友人や担当編集者たちが、その葬儀という一大事をこなし切れない素人の時代だからこそ、本来は親族や友人のなすべきことを、Eさんは代行していたのである。

のちになって、Eさんは会社における仕事の面でも、かなりの実績を残した人だと聞いたことがあった。人生に不可欠で、日本人として人間としてこなすべき一大事である葬儀の逐一を軀に入れているゆえのEさんの仕切りを本気で尊敬しないばかりか、葬式にくわしい人が浮きうきとうごいているくらいの感覚で、私などもながめていたのではなかろうか。迂闊とは、このようなことを指す言葉なのだろう。

いま、作家の葬儀といっても、文壇全盛時代のごとく、各社からおびただしい社員が派遣されるケースは稀だろう。また、各社にEさんのようなプロが必要とされる時代でもなくなった。私などの世代が、Eさんのような超のつくプロの手際を見た最後であるのかもしれない。そういえばある作家の葬儀のあった夜、Eさんが街で心地よさそうに酔っ払っている姿を見かけたことがあった。その姿には、ひとりきりで故人をいたみ、周囲の軽んじる目をも莞爾《かんじ》として受け入れる、奥の深い無頼編集者の余裕があらわれていた。

第十五話　地図を描いて道を教える

かつてあるフランスの哲学者が、来日したさいの体験の中で日本人に感動したことのひとつとして、道をたずねたとき、都会の少年から地方の老女にいたるまで、紙あるいは地面に、地図を描いて示してくれたことをあげている文章を読んだことがあった。

日本人であれば、十字路やT字路や目標となる建物や看板などを地図に描きつつ行程を示すことは、たいていの人にとって何の苦もなくできることで、その当たり前に感心しているフランスの哲学者って何だろう……と私はまず思った。

だが、その哲学者が書くところによれば、地図を描くとは立体を平面化する作業なのであって、それをほとんどの人が簡単にこなすのは感動ものだという。たしかに地図は立体の平面化という作業でできあがるものであり、相手が探す場所までの道筋を頭に浮かべた上で、必要なものをピックアップし、不必要なものをカットし、しかも視線をたずねている相手にかさね合せた上で、平面化して描かれる。

今日のように、脳の分析があれこれ取沙汰される時代においては、地図を描いて道を教える行為には、いくつかの問題がつみかさねられていることなど、簡単に分析されることだろう。フランス人哲学者は、フランスにおいて道をたずねたとき、地図を描いて教えてくれる可能性など、ほとんどないとも書いていた。その理由には、フランス人の習慣性でもあるが、立体を平面化する能力を持ち合せないケースが多いこともあるという。

日本人には、いとも簡単にこなしている日常のさまざまに、さしたる重きをおかず、ずっとそうやっているんだから……と自分たちの美徳をやりすぎてしまう傾向が、ともすればあるように思える。小学生でもこなす九九などというのも、日本人特有の能力であるかもしれない。地図を描いて道を教える行為もまた、そんな中に入るのではなかろうか。だが……とまたそこで考えがよこばいし、現代の日本の若者たちは果たして、この一件すなわち地図を描いて道を教えることを、同じようにこなせているや否やという疑問が頭をもたげてきた。

近ごろ、道をたずねたケースを思い返せば、ひとりに聞いてすんだことは稀で、近づいてまた別の誰かにたずね、あるいはもうひとりに同じことをたずねて、ようやくたどりつくことが多い。地図を描いてくれる人などもちろん皆無、とりあえず相手の立場になることが苦手になっている傾向にあるのではなかろうか。

先日、ある街のホテルのフロントの女性に、これから行くべき店への道筋をたずねた。用意されたサービス用の地図をひらいて、ピンクのサインペンで○印をつけたりして教えてくれるのだが、言葉も意味もまるで頭に入ってこない。近ごろ私は、地震が起きても自分のめまいかとまず思ってしまうほど、自分を信用しきれない感じで生きている。とにかく原因は自分にあるのかも……という思考がスタートするのだ。だから、このフロントの女性の言葉が理解できぬのは、当方の頭の衰えのせいかという気がして、その場ではうなずいたままホテルを出てしまった。

案の定、目的の場所にようやくたどりついたのは、かなりの人にたずねたずねしたあげくの果てだった。そこが分かってから、あらためて観光地図をひらき、ホテルの女性の説明を頭によみがえらせて唖然とした。この教えやすいコースを、なぜかくも複雑怪奇に組み立てあげて教えたのだろう……それがどうしても理解できなかったのだ。

そして、それは相手の立場に立つことに不馴れなまま、相手の立場に立つ仕事についてしまったことによって、常づね引き起されている小事件の大群の中にある、毛ほどの出来事にすぎないのではないか、と思った。いや、彼女が特例なのではなく、マニュアル外のケースに対応する能力は、日本人全体の中であきらかに衰退しているはずなのだ。

それはともかく、道をたずねようと思った場合、人はまずたずねやすそうで、親切に教えてくれそうな相手を選ぶ。ところが、現代ではそんな相手を見つけるのが至難のワザなのだ。ほとんどの人がケータイに耳を当て、メールを打っているというありようは、すべての人がせせこましく時間を埋めていて、その隙間に他者が入りこむことなどとうてい無理、と思わせる風景なのだ。

たまに、とくに親切な人に出会い、目的の場所の近くまで送ってくれるケースもあるが、私の感覚からいえば、この親切はすこしヘビーなのだ。もうちょっとさりげないやり方にしてほしい。いや、これは人情とやらが先細る時代において、いささか贅沢というものにちがいない。

それはそれとして、いとも簡単に立体を平面化し、相手の立場に立って地図を描き道を教えることを平然とやってのけ、フランス人哲学者を感動させたかつての日本人の平均的底力が、いま風前の灯であるのはたしかだろう。

ケータイ時代に入ってからの待ち合せは、適当に近づいた頃、お互いにケータイで探り合えばよいというのが、一般的センスとなった。目標の場所や建物という立体的存在が、意味を失い風化しつつある。「改札口を出た左側にある伝言板の右横で」と約束して、相手を待ちながら誰のものとも分からぬ「あたし、もう帰る！」などの伝言板の中の文字に、この二人、あとは修羅場だな……てな思い入れをして時をやりすごし、あげく自分がすっぽかされるといった、青春時代の苦くも甘い時間がなつかしい、などと言っている場合ではありません。

ケータイ時代は、真空の中の個と個のつながりのみで、そこにまつわる風景などは見えぬ〝明るい闇〟みたいな世界だ。この時代に、かのフランス人哲学者が日本へやって来ていたら、何をどう見たのだろう。

アナログ時代からデジタル時代への移行は、幕末から明治時代への突入にひとしい大転換だ。その時代がすすんでいる中で、チョンマゲのなつかしさにいそしんでいても、さしたる意味はなさそうだ。ただ、地図を描いて道を教えるという行動の中に立体を平面化する要素がふくまれるように、滅びゆくアナログ世界にもまた、さまざまなけしきがはさみ込まれている。したがって、たまにアナログの美点をまぶしてみれば、デジタル時代の味気ないけしきに風味が加わると思えなくもない。

かつての日本人が夢にも見なかったことが、ケータイ時代では日常茶飯事となっている。居ながらにしての、新幹線や航空路線や観劇の切符取得やホテル予約などもその中のひとつだ。居ながらにして成り立ってしまうことで、駅員やプレイガイドの人などと折り合いをつけるわずらわしさを省くことができる。これは、かつて対人恐怖症少年だった私にもよく分かる便利さだ。

だが、そういうわずらわしさが、ケータイによって代行されることによってまったく失われてしまうのも、いささかもったいない気もする。そこで省かれるのは、他人への距離感、駆け引き、言葉遣いなどだが、たしかにわずらわしいがこれはある意味で、人間の仕立てあがりへのレッスンであり、これを省いた便利のみが進行してゆくのも不気味である。

　それでも、時代は先へ先へと進んでゆく。デジタル時代を、非人間化された時代と呼ぶ気などまったくない。原稿用紙に文字を綴り、いまだケータイを持たぬ身の私とて、デジタル時代の恩恵はもちろん受けまくっているわけで、私に残されたこれからの人生もデジタルの色に染められてゆくことだろう。ただ、たまにアナログを体現しつつ、デジタルの時代に生きるのも、ひとつの智恵ではなかろうかという気がしないでもない。

　そこで、たまに紙の上に、いつも行く店までの地図を描いてみる。これは、アナログ時代の美点のつまみ食いとして、けっこういけるような気がするのだ。何しろ、立体を平面化する作業なのですから、意味のない無駄ではあるまいと思われる。その上で、実際に目の前に道をたずねる人を想定し、目的地までの地図を描き、その行程を口にしてみたりすると、これが実に大人びた遊びなのであります。

第十六話　大人の影踏み遊び

いまになって思い浮かべ、あらためて大人の魅力に気づくひとりが、市川雷蔵という俳優としての比類ない資質である。

雷蔵の映画デビューは一九五四年すなわち昭和二十九年だから、私が中学二年生のときだった。『花の白虎隊』における勝新太郎との同時デビューが有名だが、私が初めてスクリーンの中の雷蔵を見たのは、七作目にあたる『次男坊判官』だった。

その頃、私は東映の片岡千恵蔵ファンで、市川右太衛門や長谷川一夫などを、このアングルから切り捨てていた。阪東妻三郎、嵐寛寿郎には多少の気を向けたが、何しろ千恵蔵好きの少年だった。多羅尾伴内だろうが清水次郎長だろうが金田一耕助だろうが宮本武蔵だろうが、大石内蔵助だろうが浅野内匠頭だろうが机龍之助だろうが、そして遠山の金さんだろうが、千恵蔵ならば何でもＯＫという極端な贔屓。他の役者が同じ役を演《や》ったりすれば、千恵蔵とどちらがよいかを検分するために映画館に足をはこぶという気の入れ方だった。

したがって、大映の『次男坊判官』が千恵蔵得意の〝いれずみ判官もの〟であることを知るや、どっちの金さんが上であるかなんぞと、アウェーの地へ乗り込む気分で、大映の映画館へ足をはこんだのだから、げに少年の幼稚な思い入れはおそろしい。

で、私は雷蔵の遠山の金さんを見て安心した。つまり、中学生の私にとって、雷蔵恐るるに足らず、千恵蔵の金さんの方がはるかに上だと見定めたのだった。それが正しかったか否かはともかく、初めて見た雷蔵の遠山の金さんにはさしたる興味をおぼえることはなかった。歌舞伎の余韻らしき表情やセリフ回しも気になったし、やけに喉仏が目立つことにも抵抗感をおぼえた。

だが、お定まりの娯楽時代劇と併行して雷蔵が刻々とこなす、『新・平家物語』『炎上』『若き日の信長』『薄桜記』『ぼんち』『歌行燈』『破戒』などを見てゆくにつれて、私の興味の中へ市川雷蔵という俳優がしだいに入りこんできた。『破戒』の頃は、私がすでに二十二歳、中学生の頃にくらべれば多少は見る目が肥えてきていたのだろう。ただ、その頃になっても千恵蔵好みはあいかわらずで、地味な作品や若い俳優との共演、あるいは脇役としての出演にまで、なんとなく目を配っていた。

雷蔵という俳優が、確乎たる存在として私の中に定着したのは、〝忍びの者〟シリーズが始まった頃だった。他の俳優にない、雷蔵らしい影の気配が私の目を強く射たのだった。思えば、それはデビュー直後からずっと、雷蔵をつつむ匂いのようなものだったが、私の嗅覚が幼すぎてとらえきれなかったのだろう。

独自の説得力をもつ口跡、表情にただよう虚無の香り、古風な身のこなしや仕種から発する妖しい魅力……私は、しだいに市川雷蔵という俳優に注目するようになっていった。その特異な資質は、やがて〝眠狂四郎〟シリーズによって多くの人々を惹きつけることになる。

原作者の柴田錬三郎氏が設定した出自から発する眠狂四郎の影や想いが、まったく別の意味で、雷蔵自身の出自にかさなっていたことを、のちになって私は知った。生まれつき歌舞伎の華やかな雰囲気の中で育まれたと思っていた雷蔵に、それまで私がまったく知らなかった、出自にまつわる秘密があったのだった。その影を軀の内に秘めていた雷蔵の匂いが、眠狂四郎という役と合体して、スクリーンに異様な魅力をもつ花として咲きほこった。俳優と役との出会いがもたらす、鬼気迫る成果とでもいうのだろうか。

眠狂四郎は、並の俳優が口走れば、臭味がありすぎ、あるいはキザが勝ちすぎ、はたまた絵空事に帰してしまうようなセリフを次々と口にする。そのセリフが、雷蔵の口から出ると、不思議な説得力をもって迫ってくるのだ。幼時から長いこと寝かされていた感性に、大人の声の抑揚と表情とが血を通わせている、そんな感じだったのである。

俺は人間という人間に腹を立てている男さ。そのくせ俺も人間なんだ。

俺は凶をしょってこの世に生まれ出た男だ。

女を犯すことは慣れている男だと観念されるがいい。

お前のような女を見ると、俺のひねくれた無頼の欲情がそそられる。

俺が一両で買ったのはそなたの身の上話だ。その体に一両の値打ちはない。

そこへ寝ていただこう。もとより無頼者、操《みさお》を頂戴するに場所は選ばん。

妙な気持に駆られている。月があまりに美しすぎるせいやもしれぬ。

そんな眺めには慣れておる。他に趣向はないのか。

最後の「そんな眺めには……」のセリフを、私は長いこと「見慣れた風景だ。ほかに変った趣向はないのか」と記憶していた。裸身をさらして切り抜けようとする女に向けてのセリフだ。これは『眠狂四郎人肌蜘蛛』の中での、緑魔子に向けて吐かれる言葉だった。だが、私の記憶の中でそれは『眠狂四郎女妖剣』における謎の尼僧を演じる久保菜穂子に向けて出たものとなっていた。あまりにもインパクトのある場面が、強い刺激となって突き刺さったあげく、女優も作品も別のものとなって記憶されてしまっていた。それゆえに凄い、といまは思う。

まさに、正確な記録を伝えるというより過剰な記憶を与える役者なのだ。

それにしても、文字で読むならともかく口走れば気恥かしいようなこれらのセリフが、画面からごく自然に伝わってくるフィクションとしての説得力は、あきらかに雷蔵以外にこなすことのできぬ境地だった。他に何人もの俳優が眠狂四郎を演じたが、狂四郎は市川雷蔵……となるゆえんである。

さて、中学生の私が幼すぎて、その影の魅力をとらえきれぬせいで、長いこと雷蔵に気を向けなかったというあとづけも正しいのだろうが、雷蔵自身もまた長い時をかけて、ようやく自らの影を役に映し出すことができたとも言えるのではなかろうか。

幼い頃に現実の影でしかなかったものを、大人になってようやく虚構の影にかさね合せることができた。

子供の頃、月夜の晩に友だちと影踏み遊びをやったものだった。ジャンケンで決めた鬼に追いかけられ、影を踏まぬよう逃げまどうのが面白かった。次から次へと友だちが抜けて家に帰り、ひとりになってみると月の光がつくる自分の影だけが残った。その自分の影を踏もうとして、どうしても踏めぬことに苛立ったりもした。

だが、考えてみれば、自分の影ははじめから踏んでいたのだ。自分の影を踏もうとしてあがいているうち、自分の影はすでに踏んでいることに気づいた……その境界線がどこなのか、それが私にはたぐれない。市川雷蔵は、その境界線を静かに見定めた人なのだろうか。自分の影の上に立って剣を構える、それが雷蔵が演じた眠狂四郎の円月殺法《えんげつさっぽう》のありようかもしれない。

となれば、自分の影を踏もうとあがくレベルの敵が、円を描く剣によって子供あつかいになるのも納得できる。実人生に思いをいたせば、自分の影を自らすでに踏んでいることに気づくところこそ、子供から大人への境界線ということになる。そして、それを知ったあと、さらなる厄介な人生の中で自分の影を踏みつづけねばならぬのもまた、当然のなりゆきということになるのだろう。

第十七話　二つちがいの比類なき大人

　二〇〇八年の春、私のいちばん下の叔父と、その弟子ともいえる草森紳一さんが、あいついでこの世を去った。これは、私にとって大いなる痛手だった。

　叔父である村松暎《えい》が慶應義塾大学中国文学科の助教授くらいの頃、ゼミの学生のひとりに草森さんがいた。この草森さんは、中国文学科のボスたる奥野信太郎先生にとっても、まことに厄介な存在だったようだ。厄介のテーマが何かというならば、試験では百点を取るのだが出席ゼロという学生だったからだ。

　この学生の卒業をめぐって、奥野先生と叔父の意見が対立した。出席ゼロの学生を卒業させるわけにはいかぬ、というのが奥野先生の立場だった。しかしここは大学なのであり試験で百点を取ったら卒業させるべき、というのが叔父の考えだった。けっきょく、折衷案として追試を受ける条件をつけることになり、この追試が叔父の家の二階で行われた。そしてもちろん、草森さんはこの追試をも百点でクリアし、見事卒業してしまった。まことに、イヤミな学生であります。

草森さんは、そんないきさつからか、私に対しては叔父のことを〝恩人〟と呼んでくれていた。草森さんは卒業後、「婦人画報」の編集部に入り、「婦人画報」の目次画にイラストレーターの真鍋博氏を起用するなど、早ばやとその特異なるセンスを発揮した。そして、草森さんが編集者となって二年後、中央公論社の新入社員であった私は、漫画家小島功氏宅の応接間で草森さんと初めて顔を合せた。

「毛沢東の詩、読んだことあります？」

それが、名刺交換のあと私に向けて発した草森さんの第一声だった。そんな体験など持ち合せるはずもない私は、自分は中国の詩など無縁ですが、叔父は中国文学をやっていて……としどろもどろに答えた。すると、草森さんは私の名刺にある苗字を見て、〝恩師〟の甥だと直感した。その瞬間、草森さんと私の距離はいきなりぐんと縮まったのだった。

草森さんがテーマとする、〝焚書〟の逸話をもち〝鬼才〟の語源となった中唐の詩人李賀《りが》について、私の理解がおよぶわけもない。だが、二つ年上の草森さんと私は、会えばけっこう濃い時のすごし方をした。おおむね、私がしゃべる内容に対して、草森さんが相槌を打ちつつ、何らかの意見を言ってくれるという感じだった。

一九六六年の暮れに、休暇をつかってベトナム戦争真っ只中のサイゴンへ行った私は、その興奮を冷ます気分で、慶應義塾大学哲学科の松本正夫先生による「形而上学」の講座を、聴講生として受けることにした。ベトナム戦争とアリストテレス……私の精神的バランスが、酩酊状態のごとくゆれていた証拠のような行動だった。もちろん、聴講生の件は会社には内緒だ。ともかく私は週に一度、会社のタイムカードを押したあと三田の教室へ行き、授業を聴講することをつづけた。

ちょうどその頃、草森さんは三田の塾内にある図書館の古書を整理する仕事を、たしか叔父に頼まれて、アルバイト的にこなしていた。私は、授業が終ると図書館へ行って、草森さんに声をかけ、三田の街の喫茶店でコーヒーを飲み、一時間ほどしゃべっては別れることをくり返した。

私は、サイゴンでの出来事をあれこれ草森さんに話し、草森さんはあいかわらず相槌を打ちながら聞いては、それに対する草森さん流の感想を言ってくれたりした。その反応は、他の人からは向けられぬ、新鮮なアングルによるものだった。

「あんたさ、自分の考えてること書いてみない?」

そんな時間の中で、いきなり草森さんはそう言った。私は、祖父が文士であったせいもあって、漠然と文章を書く仕事を意識はしていたが、別の人からそこを刺激されたのは初めてのことだった。

やがて、草森さんは自分に縁のあった「美術手帖」「デザイン」「新宿プレイマップ」といった雑誌の編集者を次々と紹介してくれた。そのおかげで私は、今になってみれば恥かしいレベルではあったが、とにもかくにも他人の目に供する文章を書くことになったのだった。その雑誌が出ると、草森さんはかならずほめてくれた。本音というのではなかろうが、私の方向性について励ましを与えてくれていたのだろう。

「プロレスのこと、文章にしてみたら?」

よもやま話のあと、草森さんが急にそう言った。プロレスについての屁理屈をならべたてはいたものの、それを文章にする気などまったく思いもおよばなかったが、その気になった私は三十枚ほどのエッセイを書いて、草森さんにわたした。草森さんは知人の編集者に読ませてみる……と言ってくれたが、その原稿は採用されず草森さんの手にもどった。

「ぼくは面白いと思うんだけどね……」

草森さんは気の毒そうに、私に原稿を返した。私が『私、プロレスの味方です』なる本を情報センター出版局から出したのは、身分は同じ中央公論社社員であったが、それから何年もあとのことだった。

私が中央公論社を退社し、物書きとなってしばらくのあいだ、草森さんとは電話で時どき話すくらいで、会うこともなく時がすぎていった。出版業界的な波の中に入ってしまった私としては、草森さんに会うべき時期ではないという気がした。一般的な目からは死角であるような雑誌で人知れず傑作を綴り、どかんと豪華本を出す草森さんにくらべて、自分がえらく野暮で世間的な存在に感じられたせいでもあったのかもしれなかった。

かなりの時がすぎた頃、共通の知人が結婚式をあげ、久しぶりに草森さんに会った。

その会を途中で抜け出し、ホテルのバーで向かい合ったとたん、かつての役どころがそれぞれによみがえった。すなわち、私が日常茶飯事的なことを話し、草森さんが独特の相槌を打つという役割分担だった。そんな時間がかなり続いたとき、

「あんたさ、梢風《しょうふう》のこと書いてみたら？　そろそろいいと思うよ……」

草森さんが急にそう言った。それまでの話とは、まるで脈絡のない話のほこ先だった。私はその頃までにかなりの数の作品を書いていたが、それらに触れることをしないかわりに、草森さんなりのプランを出してくれたのだろう。

その頃の私は、村松梢風という文士の孫として生まれ育ったため、物書きであるという立場を意識しないよう心がけすぎていたような気もする。そしてそのことが逆に、物書きという立場を強く意識させていたということも考えられた。そんな私の心もようを、草森さんは勘づいていたのだろうか。そこのところを突き抜けるために、あえて祖父という存在を作品の題材にすえてみたらどうだと、草森さんは言っていたようにも思うのだ。

私はそれからしばらくして、祖父をテーマとした『鎌倉のおばさん』という作品を書

いた。そのあと、物書きへのこだわりが少しやわらかくなったという自覚がないでもない。

二〇〇八年の春、叔父の死を報せるための電話をしてみたが、草森さんは電話が鳴りつづけているにもかかわらず一向に出なかった。翌日、何度目かの電話に出た草森さんは、「鳴ってたのは知ってたけど、電話が遠くてさ、近づけなかった」と苦笑いした。その言葉の意味が解せぬまま、一時間ほど叔父の話をしたが、「いま、二百メートル歩くと足が止まっちゃう状態なんだよ」と、草森さんは叔父の葬儀に出席できぬ理由を残念そうに言っていた。草森さんが、『随筆　本が崩れる』の作者そのままに、書物に埋もれて亡くなったと、「ｅｎ－ｔａｘｉ」編集部に伝えてもらったのは、それからあまり時を経ない日のことだった。

私は、草森さんの死に、人生における羅針盤を失ったような寂しさをおぼえた。二つちがいだが、ケタ外れの大人の達人がいて、折にふれて方向を与えてくれていたことに、あらためて気づいたのだった。そういえば、私は草森さんに一冊も献本していない。そのうち読んでもらう自信のある本が出せるかもしれぬとは思っていたのだが――。

第十八話　先輩におごられる快感

体育系の先輩にくらべて、文化系の先輩は、後輩に気を遣う面において大変だな……
私は、山川静夫さんにお目にかかるたび、いつも恐縮の気分とともにそんなことを感じる。山川さんは私にとって、静岡市における中学と高校の先輩だ。それも八年上の先輩であるから、ひたすらこちらが気を遣うべき立場なのだが、初対面のときから山川さんが気遣いを向けてくれた。

共通の行きつけの鮨屋があり、そこで偶然に出会って先輩・後輩の仲であることを確認した。山川さんがＮＨＫの紅白歌合戦の司会をこなすアナウンサー、私は中央公論社の一社員であり、文芸誌「海」の編集者だった。私はそのときすでに山川さんの顔をよく知っていたし、先輩・後輩であることも意識していたが、山川さんは私のことを知るはずもなかった。

私はたしか吉行淳之介さんと一緒だった。吉行さんは私の担当作家で、最初にその鮨屋へ連れて行ってくれた人でもあった。その後、私はひとりでカウンターにいることが多くなったが、このときは連載の打合せという口実で、やはり吉行さんと一緒にいた。

カウンターの向こうに山川さんがあらわれ、吉行さんの姿に気づいて挨拶をした。すると、吉行さんが私を山川さんに紹介してくれた。そのとき、私は中学・高校の後輩であることを口にした。そのあと初対面であった山川さんを話の輪に巻き込んだのも、山川さんもさそって「眉」なるクラブへ行って飲んだのも、吉行さんらしいサービス精神によるものだった。ともかく、私は山川さんとそんなかたちで出会ったのだった。四十年近く前のことである。

山川さんとはそれから何度かお目にかかり、この鮨屋の常連だった画家の方々のグループと一緒に、富山県の魚津まで旅したこともあった。

魚津の宴会で、山川さんは世話人の孫娘たちと手をつなぎ、〽ひとりじゃないって……と天地真理の歌を歌っていたが、その山川さんらしいサービス場面を見とどけて私は部屋へ帰り、担当していた川上宗薫さんのきわめて読みにくい原稿を書き直したりしていたという、実にどうもなつかしい旅の濃さでありました。

その後しばらくして、私は中央公論社を辞めて〝プロレスの味方〟をやっていたが、ひょんなきっかけで書いた『時代屋の女房』という小説が直木賞を受賞した。私にとってはまさに青天《せいてん》の霹靂《へきれき》だが、この受賞のせいでその年の大晦日に山川さんと久しぶりに再会した。山川さんはNHK紅白歌合戦の何年連続かの司会役で、私はその年、客席にいる審査員の役をおおせつかっていたのだった。

打合せの席で山川さんと顔を合せることもなく、誘導にしたがってあちこち移動しているとき、突然、暗い通路で山川さんとすれちがった。その瞬間、

「好きな歌手は?」

山川さんはすれちがいざま、そう言った。

「黛《まゆずみ》ジュン、ですかね」

「あ、そう」

山川さんは、そのまま疾風《はやて》のごとく係員とともに姿を消した。掏摸《すり》の〝燕返《つばめがえ》し〟とい

う手わざが、私の頭に浮かんだ。たしかに山川さんは、私から〝黛ジュン〟という名前を、手練《てだれ》の早業《はやわざ》でスリ盗って行ったのだった。

紅白歌合戦の中継も佳境に入るころ、山川さんがステージから私の前に降りて来て、

「ムラマツさんが紅白でいちばん思い出に残る歌手は誰ですか」

と、いきなりマイクを向けてきた。私は、とっさのパニック状態の中で、

「水原弘、ですかね」

と言ってしまった。するとそのとき山川さんすこしも騒がず、

「んー、おんなは？」

「おんな……あ、黛ジュンです」

「ハイ、『時代屋の女房』のイメージは、黛ジュンであったということでございます」

カメラに向かってそう言い終ったときには、すでに山川さんの姿はステージの上にあるという、目をみはる早さだった。さっきスリ盗ってくれた〝黛ジュン〟の名が、私の頭からすっかり抜けていたのだから、せっかく数人の審査員の中から私を選んでマイクを向けてくれた山川さんの先輩としての気遣いのトスが、なりたての作家のせいで宙に

泳いでしまった。そのこぼれダマを、自らのスパイクで決めてくれたのもまた、先輩としての気遣いから発したプロの早業だった。

そのあと、同郷である静岡の街で、山川さんがお祝いのハシゴをしてくれたことがあった。先輩としていつもオゴってもらっているのに申し訳なさすぎると思い、一軒ぐらい払わせてくださいと申し出ると、次の「三河屋」という屋台で払わせてくれたが、この代金が二人分で二千いくら……そして以後、ご馳走になりっぱなしなのだ。あそこで勘定の安い「三河屋」を選ぶところにも、山川さん流の気遣いがあらわれていた。

『綱大夫四季』に始まり、『歌右衛門の疎開《そかい》』『勘三郎の天気』『山川静夫の歌舞伎十八選』『文楽の女　吉田簑助の世界』『文楽の男　吉田玉男の世界』『歌舞伎の愉しみ方』『大向うの人々』『歌舞伎は恋』など、古典芸能の素養をもとに書かれた山川さんの著作は多い。大学時代の歌舞伎通いが土台となり、数々の名優とじかに接した財産も生きていて、独特の味わいがそれらの作品からは伝わってくる。

私は、祖父母に育てられた環境から、妙に爺むさい少年として育ち、落語や芝居が好きなタイプなのだが、何といっても基本的知識や順序だった体験の蓄積の持ち合せがない。それでも、山川さんとはその手の話がしたくなったりもするのだが、仕事の場でそんな話題になったときの山川さんの気遣いが、私の軀にはいくつも突き刺さっている。作家となった私の立場を慮《おもんぱか》って、恥をかかさぬように上手に水を向け、話のながれをつくってくれるから、私は踏み台に乗っている自分の寸法を忘れ、プロの山川さんと屈託なく歌舞伎の話なんぞをしてしまう。これもまたプロである先輩の手品である。

山川さんの文章には、私などの世代では失われてしまった、古風でやわらかい呼吸がある。そして、そこからおだやかであるが強い感動と熱気、それに誠意がとどいてくる。大人の文章だ、といつも感服する。それなのに、山川静夫という名にいまだに元NHKアナウンサーという説明がつくのは、後輩としていささか癪の種だ。文章ファンにとっては、その冠詞がかえって邪魔になるように感じるからだ。

もちろん、山川さんの熱烈なNHK愛はよく知っているから、こんなアングルは山川さんを当惑させるだけなのだろう。だが、後輩の私を作家として待遇してくれる先輩の山川さんの文章に、実は山川さんも気づかぬであろう、独特の文学の匂いがからみついていることを、元編集者の私は見逃さない。時おり、ある数行が画像となって立ち上がってくるのだが、あれはやはり歌舞伎をはじめとする古典芸能の舞台へ、客として仕事人として、強く目を凝らしたあげくにかもし出されてくるセンスなのだろう。で、それが山川静夫の文章の比類ない色香となっているというわけだ。

二度にわたり大病で倒れられたが、そこから快復し、仕事に完全復帰するまでのスピードには、山川さんのすさまじいエネルギーを感じさせられた。歯を喰いしばる必死のリハビリだったにちがいないが、言葉の自由を取り戻す訓練として、「月も朧《おぼろ》に白魚のかがりも霞《かす》む春の空　つめてえ風もほろ酔いに　心持よくうかうかと……」と、お嬢吉《じようきち》三《さ》のセリフをたどった件《くだり》などを、山川さんは大人の先輩らしく笑いながら話してくれた。鬼気迫る情景を目に浮かべざるを得ぬ逸話である。

大病から立ち直って、山川さんの文章の奥行きが、さらに深くなってゆくであろうというたしかなる予感が、先輩の活躍を遠望する後輩の私を、確実につつみ込んできたものだった。ところで山川先輩、久しぶりにまた鮨でも食べに……いや、またおごってください。

第十九話　十返舎一九の「灰左様なら」

十返舎一九《じっぺんしゃいっく》の『東海道中膝栗毛《とうかいどうちゅうひざくりげ》』といえば、とりあえず人口に膾炙《かいしゃ》する有名な作品ということになるだろう。主人公たる弥次郎兵衛と喜多八の珍道中を、ある世代以上の方々はその題名から反射的に思い浮かべられるはずだ。そして十返舎一九という人は、滑稽本や笑話本を執筆するだけ……つまりは原稿料のみで暮らした職業作家の第一号なのである。

同じ江戸後期の作家でも、煙草入れや煙管《きせる》の店をひらいた山東京伝《さんとうきょうでん》、「江戸の水」なる白粉をはげないようにする薬や「仙方延寿丹《せんぽうえんじゅたん》」なる薬を売った式亭三馬《しきていさんば》とちがって、作品の執筆のみで生計を成り立たせた人なのだ。そうなれば文学的香りにみちているということになりそうだが、そういう評価はあまりない。

十返舎一九はやはり、娯楽物のベストセラー作家の色合いに染められていて、山東京伝の洒落の深み、式亭三馬の庶民を描き出す写実と皮肉の妙、曲亭馬琴《きょくていばきん》の雄大な構想や複雑な筋立て……といった、同時代の作家への評価にくらべれば、ただただ面白い道中記を書きつづけて終った作家という軽いあつかいとなってくるようなのだ。今日にたとえて言うならば、芥川賞作家らしい純文学とは無縁だが、重い位をもつエンターテインメント作家でもない。ただ一作品の大ベストセラーとからめてのみ語られる娯楽的大衆作家という趣であろうか。

そんなわけで、『東海道中膝栗毛』の主人公たる弥次さん喜多さんのコンビがくりひろげる深みなく面白おかしさに終始する旅の滑稽と、作者である十返舎一九の軽さが、ぴったりとかさなり合う印象を与えているのはたしかなのだ。

さて、江戸文学に何ら深い造詣を持ち合せぬ私が、何ゆえ十返舎一九に興味をいだいているかについては、一九が生まれた駿府（現在の静岡市）のすぐ隣のまちである清水という土地で、私が育ったという親近感以外にさしたる根拠はない。甲州街道の警備をする八王子千人同心《せんにんどうしん》であったという父が、何らかの事情で身分を捨て、駿府に住むことになり、一九はその子として駿府で生まれている。

一九は、駿府からいったん江戸に出て、二十三歳の頃にはなぜか大坂に行き、近松余七《ちかまつよしち》という名の浄瑠璃作家となりけっこう売れもしたらしく、材木屋の婿となったものの遊びが度をこえて離縁になったとも。やがてふたたび江戸へやって来て、すでに有名な版元《はんもと》（出版業者）となっていた蔦屋重三郎方に食客となって住み込み、挿画も自分でこなす黄表紙を書いたりしていたというが、このあたりの経緯についても薄ぼんやりしていて「何故？」が多くちりばめられ、その輪郭が絞りきれぬ謎の多い人物である。

「化物太平記《ばけものたいへいき》」なる作品で手鎖《てぐさり》（手錠）の刑に処せられたこともあったが、お上《かみ》の仕切る公序良俗に反する確信犯の大物でもなく、やがて出版した『東海道中膝栗毛』のヒットで、一躍、明るく軽い色をおびる大流行作家となった。

『東海道中膝栗毛』は、お江戸日本橋を出発点として、〝お伊勢参り〟の名目で東海道の旅をこなす、弥次さんと喜多さんの面白道中記だ。旅の途中にある土地ごとの名勝や名物を巧みに紹介しながらのドタバタ喜劇のような二人旅が、発売するやすぐに庶民の人気を博し、読者の要望に応えるかたちでこの『東海道中膝栗毛』を、なんと二十年間も書きつづけたのだから、気が遠くなるほど寿命の長い大ベストセラー作家ということになる。

その弥次喜多の旅を仔細に検分すれば、道中において自らもすったもんだのひどい目に遭ったりもするが、道中で出会った女、子供、年寄り、体の不自由な人といったいわゆる〝弱者〟をからかい、いたぶり、金をせしめて悦に入るなどの所業が目立っている。お上の公序良俗などどこ吹く風というわけだが、これらの場面を面白おかしくしかも明るく描くありさまは、決して高度な諧謔とは言えず、このドタバタのスラップスティック場面の軽い面白味が横溢する作品だ。

したがって、後世の大衆演劇の世界でもたびたび、弥次喜多の道中記は取り上げられ、私が子供であった頃にも、エノケンとロッパのコンビを代表として、映画も何本かつくられている。つまり、二十年の歳月にわたって書きつづけられたベストセラーの生命力が、作者たる十返舎一九がとっくにこの世にいない時代にいたるまで保たれていったのであり、並の一発屋とは訳がちがう。

ただ、そうなると十返舎一九には、やはり質の高くない娯楽性、面白おかしいだけの道中記、深みのなさなどの折紙がついてしまう。文学的評価の俎上にのせられることのない、軽い作家という位置づけもまた、江戸以来延々と息づく作品の生命力の裏側には張りついているはずだ。しかし、ここでは少し別なアングルから十返舎一九という作家を炙り出してみようというのが、この第十九話における私なりの素人包丁的目論みなのであります。

十返舎一九が生きた江戸のまちの庶民は、お上の工夫にみちた管理体制の仕組みを課せられることによって、行動の自由を上手に奪われていたと言えるだろう。町役人や大家、あるいは五人組の制度などによる治安維持や相互監視、あるいは〝江戸払い〟の刑や〝入《い》り鉄砲《でっぽう》に出女《でおんな》〟を取り締まる関所などの警戒体制のもとに、江戸のまちの〝定住〟の秩序が維持されていたと言える時代でもあった、というわけだ。

その、庶民が〝定住〟を旨として生きていた時代に、十返舎一九は『東海道中膝栗毛』の中に、お伊勢参りとは名ばかりの、何の目的もない物見遊山の旅に出る弥次喜多道中の面白さをくりひろげられつづけた。それは、旅を目的とした旅とも、遊びを目的とした旅とも、不真面目さ満開の旅とも、江戸の公序良俗的秩序から逃げつづける旅とも言える世界であり、これをおびただしい読者を巻き込んで、二十年間にわたって延々と書きつづけたのだった。つまり、一九はお上の仕切る〝定住〟の論理から遁走しつづける、不埒な〝非定住〟教の教祖みたいな存在とも言えたのではなかろうか。

その不埒な〝毒〟を、あまりにも面白い目先のドタバタ場面の煙幕の中に、上手に隠れ込ませた……これが、滑稽本作者・十返舎一九のしたたかな〝大人の極意〟だったのではなかろうか……と、長々しすぎる前口上のあげく、ここでようやく本作品のテーマにたどりついたというわけであります。

以前、かの立川談志師がかの林家三平師について、あれほど同じ事を同じテンションで延々と演じつづけるのは、その底によほどのニヒリズムがあるのではなかろうかという推論を書いていた。そのアングルを借りて十返舎一九という存在をふり返って見るならば、やはりどこかに江戸に生きた滑稽本作者の、したたかなニヒリズムが透けて見えるような気がするのだ。

そして、際限なく洒落を放ち、いたずらをくり返し、道中の遊びを満喫し、失敗してひどい目に遭っても、その翌朝にはまた旅に出る。この弥次喜多のバイタリティの内側にはやはり、二十年にわたる十返舎一九の明るさを目くらましとして〝非定住〟世界へとそそのかす、戯作者的ニヒリズムが埋め込まれていたという気がするのだ。

その十返舎一九は、六十七歳での死にさいして、「この世をば　どりゃおいとまにせん香の　煙と共に　灰左様なら」なる辞世の句を詠んでいる。これもまた、〝大人の極意〟の集大成としての、一九の一句というものでありましょう。

第二十話　マダムのご主人

かつて、新橋に「ウォツカ屋」という名前の店があった。ウォツカ屋……つまりウォツカを飲ませる店なのだが、当時、そういう店はほかになかった。

その店へ初めて行ったのは、高校の先輩にズブロッカを飲ませる店がある……とさそわれたからだった。広告代理店につとめたその先輩は、出版社の編集者である私とはまた別の行動範囲をもっていて、〝旨いシャリアピンステーキを食わせる店〟などをはじめ、めずらしい場所や店によく連れて行ってくれた。

ズブロッカは、ポーランドの世界遺産「ビアウォヴィエジャの森」に生息する、六百頭のズブ（稀少な聖牛＝野生ウシ）の命を支えるバイソングラス（香り高き薬草）の茎が一本だけ入った瓶、という特徴をもつウォツカだ。淡いオリーブ色の液体で、桜餅のような香りがするというのだが、私にとっては、単に瓶の中に茎が入ったためずらしいウォツカくらいのイメージしかなかった。

ズブロッカなるウォツカも当時としてはめずらしかったが、それを飲ませる「ウォツカ屋」が、実にユニークな店だった。

店内の壁にはさまざまなウォツカの瓶がならべられ、棚の上に古道具めいたサモワール（ロシア特有の湯沸かし器）が飾られ、壁に貼られたポスターにはロシア革命の雰囲気があった。八人がぎりぎりくらいというカウンターだけの店で、内側に小柄な老婦人がいたが、その人が店を仕切るマダムだった。

つまみは主に松の実で、カウンターの内側の長いカーテンの奥にちょっとした料理をつくる空間があり、注文があればそこでつくるらしい顔の見えぬ男性のけはいを感じながら、私たちはただ松の実をつまみに、ウォツカのストレートを何杯か飲むだけだった。

店の客は、ほとんどがマダムのファンといった年輩者で、カウンターの上に置かれたメモ用紙に、自分が飲んだ数を正の字で記し、マダムとのよもやま話を楽しみにやって来る。当時はもちろんソ連の時代で、ロシア革命を思わせるポスターにさそわれた左翼的知識人的匂いのある客も、たまにまじっていた。また、おそらく若い頃は美人だっただろうという感じのマダムに、こよなくあこがれて通うマダムの子分気取りの若い女性客などもいて、ときには店のお運びみたいな役をうれしそうにこなしていたものだった。

「ウォツカ屋」は、新橋の盛り場にあるにもかかわらず、夜の九時半がラストオーダーで、客は十時には帰るというルールを守っていた。タバコの烟《けむり》が店内に立ちこめると、満州《まんしゅう》あたりの酒場とかさなるのではなかろうかといったけしきが生じた。

厚揚げがウォツカとよく合うのも、その店で知ったことだった。厚揚げの注文があると、マダムは長いカーテンの奥へ声をかける。すると、カーテンの下に見える軍手をはめた手が、小さい七輪の上で裏を返し表を返して厚揚げを焼きはじめる。その軍手の主が、マダムのご主人だと、客は説明されることもなかったのに、自然に思い決めていた。

そのご主人はほとんどカーテンの外に出て来ないから、客たちに顔は知られていなかった。

私は、ご主人はもとこの店のバーテンダーで、マダムとならんで酒のサービスをしていたが、マダムを目当てにやって来る客が多いことを知って以来、長いカーテンの内側に身をひそめ、客とマダムがつくる空気をそこなわぬよう気遣っているにちがいない……と、勝手にイメージをつくっていた。マダムに不埒なことをする客がいれば、もちろんこの人が用心棒としての役も果たすのだろう……長いカーテンの内側で、厚揚げを焼く軍手をながめながら、私はそんな想像をもズブロッカの肴にして愉しんだ。

そんなある日、午後九時半をすぎて、客がいっせいにラストオーダーをし、柱時計の針が十時に近づくと、メモ用紙に記された自己申告の数を確認して、次々と代金を払うかまえをつくりはじめた。

するとかなり酔った二人組の客のひとりが、もう一杯飲ませてよとマダムにせがんだ。マダムが柱時計を指さして断わると、

「だって、まだ十時には少し前じゃないの。ね、もう一杯だけおねがいしますよ」

無邪気な大声を出したので、マダムは仕方なく「これで最後ですよ」と念を押し、客は満足げに「ごめん、分かった。これで最後だから」と拝むような手つきでウォッカのグラスを受け取った。そして二人の客はグラスを打ち当てて乾杯の仕種をしてそれを一気に飲み干し、ふたたび上機嫌な議論をはずませた。

「マダム、もう一杯だけいい？」

二人の客のひとりがそう言ったのは、マダムがそれぞれの客の釣り銭を渡しているときだった。マダムは、申し訳なさそうな顔をつくり、

「もう、看板ですから」

と言ったが、酔っている二人にはいきおいがあった。

「そんなこと言わないでおねがいしますよ」

さっきと同じように、無邪気な大声をあげた。すると、長いカーテンの内側の軍手をはめた手が、かすかにふるえた。次の瞬間、奥の小さい扉を押し開け、カウンターの外側に姿をあらわした小柄な男性が、両の拳を強く握り、大地を踏みしめるような姿勢をつくると、

「一杯だけとおっしゃった！」

衛兵に号令をかける上官のように、凜とした声を発した。二人の客は、無言で弱々しくグラスをカウンターにもどし、メモ用紙をチェックしてそそくさと勘定をすませ、いきおいのわるい背中を残して出て行った。

「すみませんねえ、おやかましゅう……」

残った客にかるく頭を下げるマダムをちらりと見て、ご主人の方をふり返ったが、そこにすでにその姿はなかった。やがて、長いカーテンの下で、軍手を脱ぐ老人らしい男の手指が、私の目のはしに映った。

マダムは昔はかなりの美人だったろうという想像を、私はあらためてもてあそんだ。そのマダムにバーテンダーだったご主人が惚れた。そして、マダムの魅力をウォツカの肴にする客が多いことに気がついたときから、ご主人は長いカーテンのうしろへ身を隠した。ご主人は、マダムに何かが起ったときに、自分の役が生じると心に決め、惚れた女を守るかまえを、ずっとつづけている。そんなものがたりをつくった私だったが、さっきのご主人の表情、姿勢、言葉に接して、少しばかりこの推測を修正してみようかと思った。

ご主人は、戦後にロシアから引き揚げて来て、同じ引揚者だったマダムの店に偶然にあらわれた客だった。そして、女ひとり街なかで男相手の商売をするマダムに惚れ、そのあとの人生をマダムを守る役に決めた。店では何の役にも立たないが、軍手をはめ七輪で厚揚げをあぶるくらいはできる。そうやって客に顔を見せず、マダムを守り通していつか老人となった、腺病質なインテリの必死の使命感が、

「一杯だけとおっしゃった！」

と直立不動の姿勢で言った姿にはからみついていた。いや、これも私がウォッツカの肴としてつくったものがたりにすぎず、本当のことは分からない。ただ、戦後の「ウォッツカ屋」へひとりでやって来てマダムに惚れ、その商売の邪魔をしないよう長いカーテンのうしろに姿を隠した男が、マダムを守る姿勢をずっとつづけているうち、何十年の時がたち、マダムもご主人もそのままの構図の中で齢《よわい》をかさねていったというのは、私好みのものがたりにはちがいなかった。

その「ウォッカ屋」が新橋の一角から消えて、もはや幾年月もがすぎたが、実は軍手の主がマダムのご主人かどうかも、私はたしかめていないのである。

第二十一話　シチリアンの遊び心

シチリアへ老人らしい貌《かお》を見に行く……というのが、そのときの旅のテーマだった。

シチリアの州都であるパレルモに到着した日は日曜日で、ホテルへチェックインしたあとどこかで夕食をと思って歩いてみたものの、閉店しているレストランが多かった。ぐるりと一周したような感じでホテルに近い路地を入ると、ほんのりと灯りがともっている店が一軒だけあった。道中はカメラマンと編集者、それに私の三人連れだった。店をのぞくと、いま店仕舞いしようと思っているところへ飛んで火に入る夏の虫……という表情の店のオヤジの顔が見えた。

「日本人か？」

オヤジがそう聞いたのでよろこんでうなずいたが、だからといってさしたる反応はなく、ぶっきらぼうにワインリストを渡した。私たちは、とりあえず、ワインリストの中からエトナの白を選んだ。エトナ火山はシチリアの東岸にそびえる火山であり、シチリアではシチリアの酒を……というのが私たちの気分だった。

オヤジは注文に応じて、奥からボトルを持ってきて無造作に抜栓した。喉の渇きも手伝ってか、エトナの白はすこぶる旨かった。前菜をはこんできたオヤジにそれを伝えると、満足げにうなずいて奥へ引っ込み、別のボトルと三つのグラスを持ってあらわれ、

「エトナの白には満足のようだが、エトナの赤はどうだ」

と言って、勝手に抜栓しそれぞれのグラスに勝手に注いだ。気圧《けお》されたように飲んではみたものの、三人は同時に首をかしげた。するとオヤジは、やはり満足げにうなずき、

「エトナの白が旨いからといって赤も旨いとはかぎらん。これは覚えておいた方がいい。で、赤ならだね……」

オヤジは言葉の余韻を残して去り、また一本のボトルと三つのグラスを持って戻って来た。そして、抜栓し注いだオヤジの視線を受けつつその赤を飲んでみると、なかなかの味だった。するとオヤジは、また奥から一本のボトルと三つのグラスを持って来て、

「さっきの赤と同じ名前の白の方だ、どうだい、こいつはあまり大したことはないだろ」

私たちは、すでにオヤジに対してまったくの受け身になっていた。そして、私の予想通り、オヤジはまたもや別のボトルと新しいグラスを持って来た。

「こいつは少々クセがあるワインだが、試してみるかね」

試してみるかねって、もう持って来て抜栓しちゃってるじゃん、というタイミングでオヤジはグラスにワインを注いだ。

こうやって、厨房の奥にあるらしいワインクーラーと私たちの席を行ったり来たりしながら、オヤジが料理をもつくって出していたのは大したものだった。もっとも、そこで食べた料理の種類も味も、今となっては何も記憶に残っていない。

そうやって、三人はオヤジのすすめるワインを言われるままに飲んで、うなずいたり首をかしげたりすることをくり返した。その間、私の頭に浮き沈みするのは、オヤジの〝つもり〟が読めないという気分だった。それも解決せぬまま、いくら何でもワインはこのへんで止めておかないと……と思って数えてみると、何と四本ずつの飲みかけの赤と白のワインのボトルと、その赤白のワインが注がれた二十四個のグラスが、テーブルの上に並んでいた。

この場合、仕事だから編集者が支払うことになるのだが、カメラマンと私は払う必要のない自分たちをさておいて、編集者の支払いに対する領収書を、出版社の経理部がおとしてくれるのかを案ずる気分になったものだった。

それに、このムードでいくとオヤジはどこまで抜栓をつづけるか分からない……私は、しばらく姿の見えないオヤジにワインの中止を告げようと、立ち上がって厨房の方へ歩いて行った。すると、厨房の奥のワインクーラーから取り出した新しいボトルの栓を、いまにも抜栓しようというオヤジと目が合った。その目が、やはり謎めいていた。本当に抜栓する途中だったのか、そのかたちで私と目が合うのを待っていたのか、オヤジの表情からは読みきれない。つまり、どっちとも取れるような貌だったのである。

私が両手をクロスして×印をつくると、オヤジは好きな遊びを親にやめさせられた子供みたいな、泣きそうな表情を浮かべてから、ニヤリと笑って見せた。

日本の居酒屋で、飲み足りなさそうな客に対して、

「こいつは俺用の寝酒と肴なんだけどさ、特別に飲ましてやるよ、どうだいやってみるかい」

てなセリフを向けるオヤジは、何人か思い浮かんでくる。だが、八本のボトルを抜栓し、二十四個のグラスをテーブルに並べるセンスは、日本ではちょいと見当たるまいと思われる。

（だけどけっきょく、開けちゃったし飲んじゃったしな……）

シチリアのオヤジ流の遊びはいいとして、それにつき合された代価はハンパじゃないな……私はちょいとばかり恨めしくなった。これだけのワイン代を払うのなら、とびきりの白と赤を豪勢に飲む手だってあったのだ。それにしても、ここで止めなければ、抜栓ゲームはまだまだつづいたのかもしれない。ここでストップしたのはとりあえずよかった……そんなことを呟きながら、私はオヤジにチェックしてくれるよう合図した。

そして、しばらくしてオヤジが持って来た請求書の額を見て、私たちは狐につままれたような気分になった。何と請求書には、最初に私たちが注文したエトナの白と、出された料理の値段しか記されていなかったのだ。

私は、ここで大受けしては沽券《こけん》にかかわるという思いもあって、一瞬、冷静に首をかしげて見せたりもしたが、じっとこちらの目をのぞき込んでいる、何とも稚気にみちた愛すべきオヤジの、いたずらっぽい顔に耐えられず、ついに吹き出してしまった。するとオヤジは、「な、オレってバカな男だろ」てな感じで呵々大笑した。

おそらく、店を閉めかけたところへ飛び込んで来た東洋人への、シチリアンらしい歓迎の仕方を、オヤジは過剰に表現したのだろう。そして、オヤジ流のサービスには、どこか演劇的なテイストがあり、そこに男臭い心意気と、大人らしいやさしさがまぶされていた。テーブルに残された、八本のボトルと二十四個のワイングラスの組合せによる、きわめてとっちらかったけしきには、芝居が終ったあとなのか、これから芝居を始めるためのお膳立てなのかも分からぬ、不思議な味わいがあった。そして私はオヤジへ目を戻し、シチリア人を気分にのせるとこわそうだ……と胸の内で呟いた。だが、この世からこの大人の酔狂な茶目っ気を消してしまったら、人間の匂いが薄まりすぎるというものである。

第二十二話　野良猫ケンさんの結界

わが家のアブサンという牡《おす》の縞ネコが、二十一歳の長寿を全《まっと》うして旅立ったのが、一九九五年の二月十日……二十一年前。アブサンがこなしたのと同じ歳月が、その死後にすぎてしまったというわけだ。そのアブサンの死の二、三年前からガラス越しに対面する間柄となったのが、ケンさんという牡の野良ネコだった。

ケンさんは美形の白黒ネコだったが、「網走番外地」的気分で、野良の道ひとすじで生きる覚悟を決めた、外ネコの中でも強面《こわもて》の存在だった。その頃は、外ネコが何匹も庭にやって来ていたが、彼らを蹴散らすいきおいで睨みつけていた。うなり声がすればケンさんが誰かをおどしている場面で、ケンカのケンさんと呼びたくなるほど、相手かわれど主かわらずのありさま、外ネコのケンカがあればその渦の中心にはかならずケンさんの姿があったものであった。

しかし、アブサンとケンさんは牡同士にもかかわらず、ガラス越しにけっこうエールをおくり合っているようだった。日比谷公園で拾われたのを吉祥寺の家に連れて来た関係上、外に出れば迷うだろうと、しばらくは家の中におくつもりが、きのうの次が今日という感じで時をかさね、アブサンは家の中だけですごすネコになっていった。

そうさせているのはこっちの勝手であり、どこかうしろめたさを感じつつ、ガラス越しに庭をながめるアブサンの背中をながめたりしていたところへ、さっそうと登場したのがケンさんだった。そのカッコよさに高倉健さんをかさねてケンさんと名づけたのはカミさんである。

アブサンも、ガラスを隔てた対面を気に入っていたらしく、ケンさんが来れば小走りにガラス戸へ近寄り、何やら無言の交歓をしていたものだった。

そのアブサンが天寿を全うして大往生をとげたあとも、外ネコたちは何匹か庭にやって来た。ケンさんもその中にまじっていて、強面の居っぷりは健在だった。私たちには、庭へやって来る外ネコたちは、すべてアブサンのガラス越しの友だちだったという気があったから、アブサン亡きあともキャットフードを用意して、外ネコたちに与えていた。外ネコの中には、近所の飼いネコもいて、そんなネコはなつきやすく、ガラス戸を開けると部屋へ入って来るケースもあった。二軒隣のレオンという牝《めす》ネコなどがその例で、この原稿を書いている私の書斎の机の上においてある、かつてのアブサン用だった藁で編んだ丸い座布団の上で丸くなり、しばらく眠り込むことが多かった。レオンには、少しばかりアブサンの代役をこなしてもらっている気分だった。

だが、野良のケンさんは開けたガラス戸の敷居のあたりまで近づいて来ても、決してそこをまたいで室内に入ることをせず、両足を突っ張って用心深く中の様子をうかがったのち、あたりを気にしつつどこかへ帰って行くのだった。

そのケンさんとてもしだいに年をとるわけであり、あの性格では梅雨の季節や寒い冬などに、安心できる宿をみつけるのはしんどかろう……そう思った私は、ペットショップからかなり大きい犬小屋を買って来て、庭の一角にそれをセットした。

小屋の中には新聞紙を敷き、ダンボールでクッションをつくったりして、買って来た犬小屋でないという偽装をこらしている自分も滑稽だったが、とにかく性格が荒く頑固な野良ネコたるケンさんが、うっかり出来心でという感じで入ってくれるのを希《ねが》っていた。

だが、ケンさんの野良道《どう》は生半可でなく、探検気分でちょっと入ったりしても、すぐにぷいと出て行ってしまい、買い求めた犬小屋は、意味もなく庭の一角のけしきをなすにすぎぬ存在になった。そうやって、また時がすぎていった。

かつて、『人生劇場』（尾崎士郎）になぞらえれば飛車角《ひしやかく》か宮川という役どころだったケンさんが、何となく老ヤクザの吉良常《きらつね》のような風貌になってきた。極め付の役者を思い浮かべれば……そう、月形龍之介か島田正吾かはたまた大滝秀治か田中泯といったあたりか。あいかわらず他の外ネコには睨みをきかせ、たまには大立廻りを演じたりもしているが、そんな場面の数があきらかに減っていった。相手を牽制するときに見せる、左手をちょっと宙に浮かせるような独特の構えも、どこか錆びついてきた感じである。

ケンカに明け暮れる長い野良道の中で負った傷跡の数々が、老残の身にこたえているのか……と思わせるほどうごきも遅くなり、塀から庭へ跳び降りるさいにも、ワンクッションおくようになった。

（もう、ケンさんというよりゲンさんになっちゃったなあ……）

私は、晩年のアブサンをケンさんに思いかさねたりもしたものだ。飛車角から吉良常へ、ケンさんからゲンさんへ、高倉健から大滝秀治へ……寄る年波は、野良の任侠道をひたすら往《ゆ》くその身にも、かなりこたえはじめているはずだ。たまには室内へ招き入れようという気分も生じるのだが、あのガラス戸の敷居のところでぴたりと歩《ほ》を止め、疑い深い目でこっちを見ていたケンさんの姿に気圧された場面が、私の目には強く灼きついていた。

そんなある日、引戸を少し開けてキャットフードを所定の場所に出し、テレビのチャンネルを変えようとソファにもどった私の目のはしを、敷居をスイとまたいで室内へ入って来た白っぽい影がかすめた。それが、ケンさんが野良の結界をこえた最初のシーンだった。まさか……と首をひねらず目だけを向けると、それはやはりケンさんの姿だった。私は、あわててカミさんに声をかけ、その嘘のようなけしきをそっと見るようながした。それが、ケンさんが初めてわが家の室内へ身を入れた瞬間だったのである。

アブサンの没後十四年、ケンさんがわが家の庭に姿をあらわして十六年ほどがたって、初めて生じた風景だった。

ケンさんは、私たちに目を向けず、「あれ、まちがった道へ迷い込んだかな……」てな表情を残し、そのままずーっと外へ出て行った。俺としたことが、魔がさしたか……そんな思いをかみしめているようなうしろ姿でもあった。

それ以来、ケンさんが中へ入ることなく二か月ほどがすぎ、また同じような感じで同じことが起った。今度は、ケンさんは室内の陽あたりのよい床のあたりに坐り、尻尾をくるりと左の前足に巻きつけ、しばらく日向ぼっこをして帰って行った。私とカミサンは、生唾を呑み込むような感じで、その間のケンさんを見守っていたものだった。

次はその一週間後、今度は室内の床においたキャットフードを食べたあと、床に軀をくずして両目を閉じ、何やら瞑想に耽る感じを残して出て行った。室内にいる時間が、しだいに長くなるようだった。

やがて、室内で眠り込むという場面が生じ、ソファの上へひょいと上って丸くなり、私がそのよこに尻を押し込んでも動じないようになった。と思っていると、ガラス戸の外でうずくまって入って来ないこともあり、やはり野良の道か……と呟けば入って来て昼寝といった、変則的なありようがつづいていた。

ケンさんに居つく気はなさそうだ。私たちにも、ケンさんを飼いネコにするつもりはない。わが家がケンさんにとって、〝子連れ狼〟における雨宿りの閻魔堂《えんまどう》みたいになっていればいい……という心もようだったのだ。

それにしても、ケンさんの正確な年齢はつかめぬものの、もはや人間にして八十歳くらいになるのか。それまでの時をかけ、高倉健から大滝秀治に変貌した果てに、彼はなぜわが家に足を踏み入れる気になったのか。たった敷居をまたぐだけのことに、おそろしい時をかけて、「ま、そろそろいいか」という気持を抱くにいたった。いや、野良の結界をこえるのには、それくらいの時を要するのだろう。年齢をこなしたあげくに、ケンさんからゲンさんになった野良道がやわらかくなったのかもしれない。それもまた、年を取ることの意味のひとつかもしれぬ……と思いかけ、私もまたアブサンのあとを引き継いで、十六年のあいだケンさんとガラス越しのつき合いをつづけてきたことに気づいた。その間に、私もまたゲンさんの域に入っていたということであり、それをケンさんがおしえてくれたのではなかろうか……そんなことも思ったりしていたが、二〇一一年の三月十一日の東日本大震災のあと、ケンさんのわが家への訪問は、ぷっつりと途絶えている。

そういえば、あの三月十一日以来、他の野良ネコもやって来なくなっている。東京においても激震をもたらしたあの大地震が、野良ネコにとっても大きな痛手となったのだろうか。あるいは、あの大震災以降の、日本人の生命に対する感覚の微妙な変化が、野良を引き取る心根を生んだ結果なのだろうか。だが、いずれにしてもケンさんは姿をあらわさぬまま時は着実にすぎている。どこかへ旅に行っている……それが、ようやくカミさんと私が落着する思いというものであった。

第二十三話　ラッフルズ・ホテルのプライド

シンガポールのラッフルズ・ホテルを象徴するのは、やはりサマセット・モームを代表とする作家やチャールズ・チャップリン、エリザベス・テイラー、ロバート・ケネディなどの有名人たちの常宿としての色合いだろう。とくに、インドシナ半島で取材した題材をもとに、パームコートと呼ばれる中庭でタイプライターを打ち、小説としてつくり上げていたイギリスの文豪モームは、このホテルを語るさいに欠くことのできぬ存在だ。

また、世界中のカクテルブックに載っているシンガポール・スリング発祥のホテルとしても、ラッフルズは有名だ。多くの観光客が、ロング・バーやパームコートでこの有名なカクテルを飲むために、たとえ宿泊できなくてもホテルをおとずれて賑わう光景を、私も三度ほどながめたことがある。

そのラッフルズ・ホテルがあるために、私はいっときよくシンガポールへ旅したものだった。宿泊を目的としたり、ロビー階のライターズ・バーつまり〝作家のバー〟でモーム好みのウイスキー・ソーダを飲んだり、グリルで三種類一緒盛りのカレーを食したりと、私はさまざまにラッフルズ・ホテルを楽しんだ。

シンガポールは、もとイギリス軍の極東における根拠地であった。その環境の中でラッフルズ・ホテルは、英国流のコロニアル・スタイルを極めていった。フロントからボーイやメイドにいたるまで、英国風に教育された態度や言葉遣いを訓練されていることでも有名だ。だが、そんなホテルへ、太平洋戦争の波が押しよせ、シンガポールが一九四二年二月に日本軍に占領され、山下奉文《ともゆき》によってラッフルズ・ホテルが南方総司令部に指定されるや、その名も昭南旅館と変えられたという経緯がある。

昭南旅館は日本軍撤退まで日本人の手によって経営され、それ以前の宿泊名簿などの重要書類も、日本軍によってすべて焼き払われたという。

ところが、日本軍が占領する直前、ラッフルズの従業員たちは、ある物をパームコートに埋めて隠した。それは、グリルでローストビーフを運ぶ銀のワゴンだった。〝野蛮な日本人〟の目には、それはきっと高価な貴金属くらいにしか映らず、たちまち没収されてしまうにちがいない。それが、高価な銀のワゴンを埋め隠した理由だった。

ラッフルズ・ホテルの従業員たるシンガポール人たちは、自らのプライドを守るという精神で、銀のワゴンをパームコートに埋めた。シンガポールが昭南市、ラッフルズ・ホテルが昭南旅館に改称される中で、彼らは自分たちの誇りとする文化を、決死の覚悟で守ったということになる。

日本軍の将校のひとりが、ラッフルズ・ホテルにはローストビーフを運ぶ銀のワゴンがあるはずだと追及したが、従業員たちは誰も口を割らなかったという。それにしてもその将校は、どうしてラッフルズ・ホテルの名物たる銀のワゴンを知っていたのだろうか。当時の日本軍の将校としては、あまりにも優雅な知識のように思えるのだ。

ただ、その将校がもし英国文化を尊敬していたならば、その追及をすることはなかったはずだ。やはりそれは、単に軍事的情報から得た知識であったのかもしれない。それにしても、口を割らずホテルの象徴を守り抜いたラッフルズの従業員たちの気概は興味深い。

やがて日本軍が敗れ、シンガポールがイギリス領に復帰したとき、ラッフルズの従業員たちは、パームコートから晴れて銀のワゴンを掘り起した。そしてイギリスから独立したいまも、ティフィン・ルームと呼ばれるグリルで銀のワゴンがローストビーフを運びつづけている……このエピソードを、私は最初にラッフルズ・ホテルに宿泊したさいに聞かされたのだった。

そして、私はこのエピソードを、首をかしげるような気分で受け止めた。ラッフルズ・ホテルの従業員たちは、新しくやって来た〝野蛮な主人〟から、かつての〝洗練された主人〟の宝物を守ったということになる。だが、大英帝国とても極東戦略の軸としてシンガポールを植民地化したのであり、その大英帝国の誇りとシンガポールという土地にもともと住んでいた人々の本来の誇りとは、まったく別物であるはずなのだ。そこのところはどうなっているのだろうか……私が首をかしげたのは、それについての疑問ゆえだった。

だが……と、いったんかしげた首を、私はまたもとにもどした。

シンガポールは、マレー半島の最南端の島で、一八一九年におけるイギリス軍のシンガポール上陸のあとイギリスの植民地となり、一九六三年にマレーシアに加盟し、一九六五年にそこから独立して、その属島とともに構成される共和国になるという歴史をあゆんできた。人口の七十四パーセントが中国人、十三パーセントがマレー人、九パーセントがインド人、その残りがヨーロッパ人だ。公用語は英語になっていて、人々はそれぞれ中国語、マレー語、タミル語と英語の二か国語を話している。

つまり、シンガポールは民族、言語、宗教、国家の境界線がにじんでいるような世界なのだ。それぞれが源にもって生まれた色を失うことなく、シンガポールというひとつの空間が形成されているという感じなのだ。

そのシンガポールをかつて植民地としていたイギリスの文化に、ラッフルズの従業員たちは親しく馴染み、それを誇りとしていた。その誇りを傷つけるであろう日本軍から、イギリス的文化を守り抜いた彼らに、あまりにもセンチメンタルな民族の運命や、国家や民族のプライドをあてはめてみても、さしたる答えはみちびき出されぬのではなかろうか。私は、そんなふうに思い返したのだった。

もしかしたらここには、国家の体裁にこだわる感覚に対する、南国的できわめて軽快な逆説のヒントがあるのかもしれない。自分たちの土地を植民地とした英国人の象徴ともいえる銀のワゴンを、パームコートに埋めて日本軍から守る精神……それを、植民地化されることをつづけた住民の、悲しい性《さが》と解釈してしまえば、何かが見失われ、どこかで的から外れてしまうような気がした。

大人になる……という言葉は、たしかにネガティブな意味をはらんでいる。現状に対する抵抗感を正直にあらわすことをせず、理由をつけて受け入れるときの屈託、言い訳、優柔不断の正当化というニュアンスが、どうしてもからんでくるのだ。

だが、力関係の中で受け入れざるを得ぬ境地から、逆に放たれるヒントの矢印が誕生することだってあるにちがいない。大人になることの苦渋の果てに、微妙な光彩が放たれている……ラッフルズ・ホテルにおける、銀のワゴンを日本軍から隠したエピソードにも、そんな隠し味があるように感じられた。

自分が守っているものの真髄のところがぼやけてしまう歴史を背負い、その刻々の経過の中から汲み取った良質なテイスト。自分たちの歴史を蹂躙した支配者の文化でもあるのかもしれないが、それを守ることにプライドをいだく。それは、民族や国家という観点からは哀しい心根と映るのだろうが、その大人らしい苦渋と、南国的で明るい選択肢の妙がからむ、ちょっと捨てがたい逆説のような気もするのだ。

私は、そんな思いをころがしながら、横顔にプライドをあらわして銀のワゴンを押すラッフルズ・ホテルの従業員をながめつつ、ローストビーフに舌鼓を打ったものだった……。

もはや、足を向けぬ歳月が二十六、七年もつづいているものの、私は時おり、かつての馴染みの店をなつかしむごとき気分で、ラッフルズ・ホテルのものがたりを思い起すのである。

第二十四話　フランク永井の残像

一九八五年のある日の深夜、六本木にあった「アイララ」という店で、篠山紀信さんや元ヘンリー・ミラー夫人のホキ徳田さんと飲んでいた。ホキ徳田さんは篠山さんと何やら打合せがあったようで、アメリカから帰って成田空港から自宅にちょっと寄り、すぐにその店にやって来たはずだ。そこへピーコさんが入って来て、フランク永井さんが自宅で首吊り自殺を図ったが、命はとりとめたらしいと教えてくれた。一座の面々にとっても、それは衝撃的なニュースだったが、私には特別のショックがあった。

その三年ほど前から、私は奇妙な縁でフランク永井さんと時どき会っていた。きっかけは札幌のマンモスキャバレーで、フランク永井さんもよく出演していた「エンペラー」の専務であり、有魂の文章家でもあった八柳鐵郎《はちやなぎてつろう》さんの紹介だった。八柳さんは、フランク永井さんと商売を超えてつき合う友人でもあった。八柳さんは、かならず東京からフルバンドを連れて来て出演するフランク永井さんの気っ風と根性に、惚れ込んでいるようだった。

あるときその八柳さんが、フランク永井さんがなぜか私の書いた作品を読んでくれていることを伝えてくれ、今度フランクさんが「エンペラー」に出演するときに、客席で聴きませんかとさそってくれた。

私は、八柳さんの言葉に甘えて、札幌在住の作家・小檜山博《こひやまはく》さんと「エンペラー」の客席に陣取って、リクエストした曲を一曲ずつ歌ってもらった。小檜山さんが『霧子のタンゴ』、私は初期のヒット曲の『場末のペット吹き』をリクエストしたという記憶が残っている。

そのあと楽屋へ行き、ブランデーの水割で乾杯し少し飲んでから、これから街へくり出そうということになった。楽屋用のエレベーターの前に立ったとき、フランク永井さんが、床に転がっている古タイヤを指さした。舞台の奈落みたいなところには、御用提灯や刀や十手《じって》があったり、道中駕籠の上に五色のテープがのっかっていたり、とにかく得体の知れぬ物が、当たり前のように置かれている。フランク永井さんが指さした古タイヤも、そんな物どものひとつというくらいの意味だと思っていると、皆の目が床に転がった古タイヤに注がれた頃合いを見はからったフランク永井さんが、

「リタイア……」

と言って、いたずらっぽい顔でクックックッと笑い、私たちの目をのぞきこんだ。その瞬間、私の中でフランク永井さんがフランクさんになった。八柳さんがまた始まったというあきれ顔になった。フランクさんの落語好きは並大抵でなく、素人の領域はもちろんはるかに超えていて、自宅の留守電に八代目三笑亭可楽の出囃子《でばやし》を入れていたというくらいだ。高座で一席こなすほどの腕前で、落語の持ちネタはいくつもあった。

札幌の案内人は当然、八柳さん。何軒かを飲みあるき、カラオケをやったりしたが、私などはフランク永井さんの前で『こいさんのラブ・コール』なんぞを歌うという暴挙におよび、移動宴会のような時がすぎていった。面白かったのは、カラオケにおけるフランク永井の曲は、一般人が気分よく歌えるように音を合せてあり、ご当人が歌うにはキイが高すぎるという発見だった。そこで自分の歌ではなくてですね……と前おきして、

アイ・ジョージの歌を歌ってくれたのだが、フランク永井の歌う『硝子のジョニー』と『赤いグラス』をじかに聴けたのは大いなる贅沢だった。

「あぁたの作品てえものには実にどおもコノ、落語のテイストてえものがあるね、落語の」

フランクさんは、私の作品の『時代屋の女房』や『泪橋』を読んでくれていたそうで、そんな感想を言ってくれたのだが、私にとってこれは実にどうもうれしい言葉だった。

それから、フランクさんとは何度か会うことになる。フランク永井芸能生活三十周年記念のテレビ番組に、ゲストとして呼ばれたこともあった。自分の歌の作詞をしてくれないかと水を向けられたりもしたが、これは固辞した。私は歌謡曲の詞を尊敬しており、とうてい自分にこなすことのできる領域とは思えなかったからだ。すると、

「じゃ、先に曲をつくって、そこに言葉を合せるってのはどうです？」

フランクさんに、妙に熱心に口説かれたが、連続二十六回という紅白歌合戦出場が途切れたことが、今にして思えばけっこうこたえていたのかもしれない。それならば何とか……と、ややあいまいな返事をしたしばらくあと、私はフランクさんの別の一面を見

ることになる。

写真家・管洋志さんの写真と私の文による『上海酔眼』という本が出版され、管さんがそのテーマの写真展のオープニング・パーティを催した。会場には、一緒に上海を旅した管さんの作品と、私の生《なま》原稿がぐるりと展示されていた。写真の中には私が写っているものも何枚かあった。その一枚に、私がグラスを口に近づけカメラに目を向けるという、まことにキザなポーズで写っている作品があった。

パーティの最中、ふとその作品の方に目を向けると、作品の前で、写真の中の私と同じポーズを決めているフランクさんがいた。出版の担当者が、私の著作贈呈名簿を参考にして招待状を出したため、フランクさんにもとどいてしまったのだろう。「ボクが目を向けなかったら一生同じポーズを決めているつもりだったんですか」と言ってみると、フランクさんは例の口角を上げた笑みを浮かべ、「もちろん！」と胸を反らしたものだった。

私は、写真家の管さんをフランクさんに紹介し、フランク永井好みの細いネクタイの話をした。すると、管さんが自分もフランクさんにあやかって細いネクタイをしていますと言った。フランクさんはうれしそうに口角を上げ、それなら一本さしあげましょうということになった。そして、家にペルー製の革の細いネクタイがあるので、それを近くムラマツさんに送っておきますから、お受け取りくださいとつけ加えた。管さんが大よろこびしたのは言うまでもない。

そのとき私は、札幌の「エンペラー」に出演するとき、一部と二部のあいだくらいに車をすっ飛ばし、小樽のキャバレー「現代」で、タダで二曲歌って札幌へトンボ返りってのはあり得ます? と水を向けた。「現代」は小樽に古くからあったキャバレーで、高齢のホステスさんがいることで評判の店、私はそこのファンとしてよく通っていたのだった。

フランクさんは、一瞬、キッとした表情になって笑顔にもどり、スケジュールをマネージャーに調べさせると言った。「現代」の高齢のホステスさんたちが、目の前で本物のフランク永井の歌を二曲聴いたらどんな顔をするだろう……それを想像しながら、この人は心意気のある大人だと、しみじみ思った。

――ピーコさんからフランクさんが自殺を図ったと聞かされたのは、写真展からひと月ほどたった頃だった。

翌日、新聞を読んだ私は、フランクさんが自殺を図ったさい、自宅の衣裳部屋から下りる階段の途中で、何本かのネクタイを用いたことを知り、さらなる衝撃を受けた。約束からひと月……急に思い出してペルー製の革のネクタイを探す頃合いだと、勝手に想像したからだった。

そこから先のフランクさんは、ファンが描くイメージとは別の世界で生きなければならぬ時をすごした。そして、二〇〇八年十月二十七日、七十六歳で肺炎のため亡くなった。私がじかにおつき合いしたのは数回、それもほんの三年足らずのあいだでのことだった。だが、私にとっては大人度百パーセントの、濃いフランク永井体験であった。それにしても、フランクさんが衣裳部屋から持って下りたネクタイの中には、ペルー製の革ネクタイがあったのだろうか。これは、フランクさんの死のあとに残った、私のきわめて個人的な屈託なのである。

第二十五話　噺家に薄情からむ〝入り〟の艶

噺家《はなしか》はまことに大人びた世界だ……というのが、小学生の頃に初めて寄席へ行ったとき以来、私の頭に一貫して棲みついているイメージだ。

小学五年生の冬休みに、そのための小遣いをもらって、鎌倉から横須賀線で新橋へ行き、地下鉄に乗り換えて上野広小路駅で降り、鈴本《すずもと》演芸場の入口でたしか三百三十円の料金を払ったのが最初だった。志ん生、文楽、金馬、正蔵（のちの彦六）、小さん、圓生、今輔、柳好、可楽、漫才のリーガル千太・万吉、奇術のアダチ龍光、音曲吹寄《おんぎょくふきよ》せの都家かつ江なんぞをきいている小学五年生もまた、大人びたというより爺むさい子供でありました。

ラジオでしか聴いたことのない噺家が出囃子にのって高座に姿をあらわし、座蒲団の上に坐ってお辞儀をする……これ自体が子供の目には新鮮で、法事のときにお経をあげにくる坊さんに近い、非日常的な大人の姿を感じたものだった。落語の内容は子供のレベルで大雑把に受けとっていたはずだ。もとより花魁《おいらん》や左褄《ひだりづま》など知るよしもなく、洒落だって理解不能なのだが、映画館で外国人の笑い声のあと字幕を見て時間差的に笑う感じで、周囲の大人に調子を合せて笑ったりもしていたものだった。

一席こなした噺家が、最後のさげを言うながれのあとでこなされるお辞儀の呼吸もまた、実に大人びて見えた。拍手と幕内の太鼓に合せてすいと立ち上がり、客の笑いを手土産にしたような余韻で、舞台袖へ消える。その瞬間、高座の話者としての貌《かお》から、すっと素の顔に切りかわるように感じられる噺家もいたりして、噺家が高座に上がる姿と、高座をおりる姿を見物することは、話自体の内容に爪のかからぬ子供にとって、大人見物をしているような気分だった。

その〝大人見物〟が楽しくて、子供のくせに寄席が好きだったのではないか、と思い返すことさえあるくらいだ。

私は、生まれる前に父が死に、生まれたあとに母と別れて、祖父母の籍に入れられて育った。その上、かねてよりの不良であった祖父が、戦後になって別な女性と鎌倉に住むようになり、祖母と私は静岡県の清水で二人暮らしをすることになった。そして、奇妙なことに小学校四年生の頃、時おり清水へやって来ていた祖父に、気まぐれのように鎌倉の家へ連れて行かれた。以来、冬、春、夏の休暇にはつねに鎌倉の家へ行くという習慣ができた。

のちになって、祖父はいずれ長男の子である私を引き取るつもりで、祖母にあずけていたような気持があったのだろうと察した。だが、祖母としては、別な女性と住む鎌倉の家へ、休暇のたびに孫が遊びに行っているのは、複雑な思いのからむことだったにちがいない。それに、手のかかる時期の養育をまかされ、それが終れば孫を手ばなさねばならぬというのも、いささか納得のいかぬことだっただろう。ただ、それやこれやの理由は、すべて祖父母の夫婦関係の中に押し込められていて、当時の私が感知すべくもなかった事柄だ。

ま、そのあたりの私小説的な領域にここでは踏み入らぬことにして、祖母との二人暮らしをしていた私は、やはり爺むさい子供として育っていった。次郎長ゆかりの清水みなど育ちゆえ、広沢虎造の浪曲の文句や節まわしを会得し、片岡千恵蔵演じる机龍之助の〝音無しの構え〟を祖母の前で披露し、中学生になって刀剣の部分品の収集に興味を抱いたことなどもその一例だった。

それに、祖母との二人暮らしの影響からか、私は男の大人を見物するのが好きだった。隣に住む叔父の立居振舞いや表情、法事の折の坊さんの出立《いでた》ちやお経の唱え方、注文取りにやって来る魚屋のおじさんの伝法《でんぽう》な語り口、植木屋、畳屋、祭のときの近所の人の表情、電車の車掌、映画館のもぎりの人……私にとって、大人の男は見物するに足る新鮮な存在だったのだ。

そして、清水という空間にない大人の男の群れ……寄席の噺家は、私にとってそんな意味合いをもつ存在でもあったというわけである。

当時は、いまのように派手な色彩の着物を着る噺家は見当たらず、子供の目には地味ながら上等そうに映った。もちろん着物の粋など分かるはずもないのだが、生活の中から消えつつある男の着物姿の、日本人によく合う大人びた雰囲気に、あこがれを抱いていたのかもしれなかった。

ともかく、高座で見る噺家には、世の中の何もかもを知っている大人という雰囲気があった。正蔵のような生真面目系から可楽のあいまい系をへて、不良のマグマが着物を着ているといった風情の志ん生のような解読不能の存在まで、よくもまあ揃えたという庶民的大人の群像を、寄席では見物できた。

花魁や左褄のたぐいは、やがて自然に理解できるようになったが、噺家の〝出〟と〝入り〟の魅力はそのたびに新鮮だった。実から虚へ、虚から実への、得も言われぬ切りかわりぶりに大いにそそられたのだ。〝出〟と〝入り〟の表情と姿によって、子供ながら噺家の格を決めていたような気もするくらいだ。

〝出〟の笑顔によって、高座にパッと花を咲かせるのは、新作落語派に多いタイプだった。だが、そんな噺家が〝さげ〟のあと高座をおり、楽屋へもどる途中の横顔に、ひどく頑固、ひどく偏屈、ひどく憂鬱、ひどく薄情なニュアンスがからんで、高座の外にある大人の複雑さが生じるケースもある。〝出〟も〝入り〟も明るい二百ワットという林家三平のケースでも、引っ込んだあとのうしろ姿に何かが残ったものだ。その何かはもちろん当時はつかめなかったが、あれは実人生の中の屈託の灰暗さか、あるいは独特のニヒリズムがこぼれ出た油断の瞬間だったのではなかったか、といまになって思ったりもする。

　のめっているのかお辞儀なのか判別のつかぬような志ん生、急に意味不明の笑顔になる正蔵、いま風呂から上がったばかりのような小さんのつやつやしたおでこと生え際が妙にくっきりとしたかたち、何かを病んでいるけはいをただよわせる桂三木助や橘家圓蔵や桂文治の面立ちなど、まことに見甲斐のある大人の風景だった。

　やがて私は、〝さげ〟とお辞儀をあいまいに融合させ、大きくわいた客の拍手や掛け声を無視するように、襟のうしろを指で直したりしながら、客を置き去りにするようなサディスティックで薄情そうな〝入り〟が好きになった。奥の深い芸人のこと、あれもまた演じていたのかもしれぬが、非日常と日常の交錯がたまらないのだ。

　その交錯の中に、借金、病気、女性問題、夫婦のいさかい、厄介な弟子、ライバルとの確執などがまじり込み、そこから大人びた匂いが放たれる。

　十五年近く前に亡くなった古今亭志ん朝さんからも、私はそんな〝虚〟と〝実〟が綯《な》い交《ま》ぜとなった大人の魅力を感じていた。さげとお辞儀とがにじみ合い、そのあとふっと実がよぎるような、見事な〝入り〟のけはいがこたえられない。〝取り〟をとったときの「ありがとうございます、ありがとうございます、ありがとうございます」と、太鼓にのって弾んだ調子ながらも実に熱くない表情のご挨拶をし、幕が下がる直前で立ち上がるとき、ちらりと垣間見えるニヒルな横顔も、私にとってはじっと見とどけたい、心惹かれる見せ場だった。

晩年その場面には、おそらく病のかげがあらわれていたのだろうが、落語協会の騒動や兄弟の確執、志ん生襲名問題などが、ある時期からの〝実〟にからみついていたであろうことは想像できる。その屈託や疲労感が、〝入り〟の場面において噺家の艶になってくるのだから、落語の軸にはやはり大人びたセンスが附着しているのではなかろうか。

ところで、現在はそれらすべてがなつかしい大人の世界の記憶となり、〝虚〟と〝実〟のやるせない味わいを伝えてくれる芸人は今いずこの観がある。だが、そんな芸人にたまに出会うことができれば奇跡との対面という気分がわくわけで……ま、それもこの時代らしい楽しみのもち方と言えなくもないというわけで、まことに複雑な気分なのであります。

第二十六話　どん底まで落して救う超男気

もう歌ってもらいたくない……川内康範《かわうちこうはん》さんが毅然たる態度と心もとない滑舌《かつぜつ》で言い、「先生にはご理解いただいたはずなんですがねえ」と、首をかしげながら笑みまじりに言う森進一の姿が、テレビ画面に交互に映し出されたことがあった。これを見て、両者の溝は深いなと思った。『おふくろさん』という川内康範作詞の歌の前に、森進一が自分なりの語りを加えて歌っていることを、川内康範さんは腹にすえかねていて、それがとうとう爆発した。森進一は、ずいぶん前から歌っていたのに今さらなぜ？　という疑問と、べつに歌詞に反した内容をつけ加えたわけでもなし……という腑に落ちぬ思いが交錯したような表情だった。

溝は深いな……と私が思ったのは、その笑顔まじりにコメントする森進一の、ある意味で常識人的な表情をテレビ画面で見て、川内康範という存在をどのようにとらえているのか、いささか心細いという感じが伝わってきたからだった。実は、川内康範という存在が、森進一でなくても、なかなかとらえきれない器であることはたしかなのだが。

私が川内康範さんに初めてお目にかかったのは、「婦人公論」の編集部員となってすぐのことだから、おそらく二十代半ばの頃だった。常宿とされていたホテル・ニュージャパンの部屋におたずねし、エッセイの原稿を依頼したのだったが、そのときの川内康範さんはけっこう上機嫌で、雑談の中で「中央公論にしちゃあ話が分かるじゃないか」なんぞと、若造の私を気に入ってくれた感じを覚えている。以来、川内康範さんにお目にかかることはずっとなかったが、川内康範さんの、求心的なイメージをただよわせる黒く濃い瞳と鋭い眼光の組合せ、時にちらりと茶目っ気をあらわす表情が、私の中に灼きついていた。

そのときから三十五年ほどたって、私は川内康範さんと再会した。私は『黒い花びら』（河出書房新社刊）というタイトルで、水原弘の生涯を書いた本を出しているが、その取材からどうしても外せぬ人が、川内康範その人だったのだ。

水原弘は『黒い花びら』一曲の大ヒットで、ウェスタンカーニバルの常連歌手から、歌謡界の流行歌手の第一線に躍り出た。トランジスタ・ラジオからながれる水原弘の歌声を下宿で聴いたとき、大学一年生の私はぞくりとするものを感じた。当時、歌謡曲の上位はすべて、戦前の価値観を引きずった歌や曲に占められていたものの、すでにロカビリーが登場している時代でもあり、実は歌謡曲が若者に縁のないものになりかけていた時期だった。その矢先、松本英彦のサックス、永六輔の作詞、中村八大のピアノの伴奏にのって歌われる水原弘の『黒い花びら』のテイストは、いきなり若い世代の心をつかみ、歌謡曲の命脈を先へつなげるほどのインパクトをもったのだった。

『黒い花びら』『黒い落葉』『黄昏のビギン』『恋のカクテル』とたてつづけにヒットを出した水原弘は、映画にも進出し主演作品も撮った。だが、スターを演じる意識の強さから、いい気分で酒におぼれ、遊蕩にひたっているうちに、気がついてみるとどん底に落ちていた。羽振りのよいときに寄ってきた連中は、すべて離れていき、業界の中で彼に手をさしのべる者は誰もいなくなった。

そんなとき、何人かが〝水原弘カムバック作戦〟のために結集した。その根本はやはり、水原弘の歌手としての実力は捨てがたいという価値観の共有だった。そして、昭和四十一年十月十五日、のちに〝伝説〟と呼ばれるレコーディングが行われたのである。

真っ暗にした録音スタジオに、作曲の猪俣公章、東芝レコードのディレクターの名和治良、スポーツニッポンの記者の小西良太郎、東芝文芸部長の浅輪真太郎（水原夫妻の媒酌人）、ミキサー、水原弘夫人、それに作詞を引き受けた川内康範の七人がいた。

実は、このレコーディングは、下降する水原弘が堕ちるだけ堕ちて、どん底までいくまで手を貸さないという川内康範さんの意見で、スケジュールを先へ先へと引きのばされたあげくようやく実現したのだった。堕ちるところまで堕ちた男と見切っての救助……こわい話である。

スタジオを真っ暗にして、スポット一本が当たるところに水原弘の姿が浮き出た。最初の出だしに何度もクレームがつく。水原弘はついに背広を脱ぎ、裸足になり、シャツを脱ぎ、上半身裸になって歌い、最後はパンツ一枚になっていた。そして、三分三十七秒の『君こそわが命』に、十二時間をかけたこの〝伝説のレコーディング〟が、水原弘の奇跡のカムバックを生んだのだった。

私は、現場にいた川内康範さんに、その具体的なありさまを確認するため、品川の海岸通りにあるホテルにおもむいた。私が若き日の初対面のときのことを話すと、川内康範さんは私の顔を覚えていたふうに「久しぶりだねえ」と言ってくれたが、あれは川内康範さん一流のサービスだったにちがいない。

川内康範さんは、レコーディングのときの気持を、「水原についた汚れがすべて剝ぎ取れるまでゆるさない。水の中へ突き落し、上がってきたらまた沈め、ついに水底を蹴って上がってくるまで待つ」という主張を、現場でもつらぬいた。その場での鬼気迫る空気を知ることができ、〝伝説のレコーディング〟の内側を探る取材は大成功だった。

だが、この日の川内康範さんの話の中に、もうひとつ刺激を受けた言葉があった。『君こそわが命』は、実は川内康範さんが週刊「アサヒ芸能」に連載した小説のタイトルだった。その作品は、形式的な左右のイデオロギーに関わりない、原爆の犠牲者にささげる反核の精神に裏打ちされていた。主人公の小夜子は原爆の被爆者で、背中にケロイドをもつ身だ。このケロイドを愛する人の目に晒す決意をする場面がクライマックス。川内康範さんはこれを書くため、広島や長崎の多くの被爆者に会い、慰問にも何度か足を向けたのだが、その話をするとき、嗚咽というよりも慟哭に近い感情をあらわし、言葉をつまらせていた。

川内康範さんは、この作品の中で大島紬を着た女性がかるく登場するわずか五、六行の場面を書くために、泥染めをする老女に会いに奄美大島へ渡ったという。私は、作家としてある種のうしろめたさをおぼえながら、その老女の笑顔でも思い出しているかのような川内康範さんの顔を見守った。

川内康範さんは、いわゆる文壇的な文学史の中枢に位する作家ではなかった。作家としてより、作詞家というイメージがひとり歩きして、『恍惚のブルース』『骨まで愛して』『誰よりも君を愛す』などのヒット曲の作詞家、あるいは『月光仮面』の作者としてその名を知られるくらいだろう。

『君こそわが命』という小説にかける、想いの熱さに私はたじろいだ。文士の魂の迫力に圧倒されたのだった。そして、川内康範さんの文士の魂に不意を突かれていること自体、自分の油断であり怠慢だという思いをかみしめさせられた。以来、私の中には文士としての川内康範の名が、これまで遭遇した何人かの手練《てだれ》の文士とともに、尊敬の対象として、燦然と輝いている。

そんないきさつからも、『おふくろさん』という特別な作品の作詞に、川内康範さんが尋常でない魂を込めたことは、容易に想像することができたのだった。その詞の前に語りをつけ加えた森進一が、逆鱗にふれたのは、当然とも言えるのだろうし、そのときの川内康範さん独特の分かりにくい心模様のせいかもしれない。

いずれにしても、あのセリフの言い回し、上等なツイードと赤いネッカチーフの組合せ、広い額の上の皺、車椅子の上での笑顔、そして特徴のあるはみ出た耳毛にいたるすべてに、したたかな国士、文士、作詞家がねかされてかもし出す、ダンディな大人のテイストがあったものである。

第二十七話　大女優の輝ける度胸

市川雷蔵のイメージを追う仕事の中で、共演した数多くの女優について考えるうち、ひときわ異彩を放つスターとして、若尾文子という存在が気になってきた。

作品に分け入ってゆけば、女優としての比類ないテイストがあり、しかもそのテイストの幅広さが伝わってくる。だが、いわゆる伝説的な女優の定番として、若尾文子が語られるのは稀である。にもかかわらず、若尾文子に気を惹かれる男性ファンに、その魅力をめぐる話を向ければ、たちまち時のたつのを忘れて言いつのるという、まことに興味ある存在なのだ。

一九五三年、セーラー服で鉄条網を跳びこえる瞬間の、大映の新人・若尾文子の潑剌とした笑顔に、中学生になったばかりの私の目が釘づけになった。鉄条網をこえるために大きく片足を上げるかたちからは、『十代の性典』というその映画のタイトルにふさわしい、煽情的な匂いが放たれていた。だが、若尾文子にはその種の映画に出る女優とはちがう、第一級スターの輝きがあった。その輝きと映画のタイトルとの対照に、中学生の私は年齢にふさわしいときめきを感じたものだった。

それはたしか若尾文子のデビュー直後の作品だったと思うが、その後の女優としての活躍ぶりはすさまじかった。現代劇、時代劇、喜劇、シリアス劇……出演作品はあらゆるジャンルにわたっていた。それぞれの役柄によっての演じ分けも見事だったが、映画を見終ったあとの余韻の中では、かならず若尾文子の個性の光が頭の中でゆらめいていたものだった。

ともかく、大映の女優の中で、若尾文子は京マチ子とも山本富士子とも、藤村志保や叶順子や野添ひとみともちがう、幅広い役を個性的に演じる際立った主演女優だったのである。

だが、若尾文子にも当然、映画界の空気の変化は影響をおよぼしたはずだ。五社協定から六社協定（昭和二十八年に松竹・東宝・大映・新東宝・東映の間で専属監督・俳優らに関して結ばれた協定。後に日活が加わって六社に）へというながれの中で、映画会社はそれぞれの看板女優の貸し借りを実現させ、ファンにとってはお得な作品も生まれた。そのような時代に、大映の若尾文子が大映以外の場所でどのような仕事をこなしたのかについて、私にはあまり強い記憶が残っていない。私の中の若尾文子像は、やはり大映女優としてのものだった。

やがて、若尾文子さんと建築家の黒川紀章氏との結婚がマスコミに報道された。その時期との前後関係はたぐれぬのだが、女優・若尾文子は日生劇場で上演された『残菊物語《ざんぎくものがたり》』に舞台出演した。それが、私の知るかぎりにおいての映画女優から舞台女優への大きな転換のイメージだった。実は、この『残菊物語』は私の祖父である村松梢風《しょうふう》の原作であり、かつて新派の人気狂言として、花柳章太郎と水谷八重子のコンビでたびたび上演され、花柳章太郎と森赫子《かくこ》によって映画化もされ、戦後の大映作品では長谷川一夫と淡島千景のコンビで製作された作品だ。

この作品は、五代目尾上菊五郎の養子であった尾上菊之助と、乳母として五代目宅にいるお徳の悲恋が軸となっている。その内容が歌舞伎の名門の内幕を暴露するものということで、新派ではしだいに上演をひかえるようになっていたような気がしていたが、そんな矢先、若尾文子と林与一のコンビによって、日生劇場において久しぶりの上演ということになったのだった。

脚色の平岩弓枝さんが、往年の〝名狂言〟にあざやかなつけ加えをされ、作品に陰翳が出ていたし、若尾文子のお徳がきっちりと演じられていたという印象が、私の中に強く残っている。そんなわけで、私の気持がかつてとは別の意味で、女優・若尾文子に近づいていった。

それから何年もたち、私はひょんな機会に黒川紀章夫妻と同席し、初めて生の若尾文子さんに拝顔した。そこからまた時がたって、なぜか都知事選に立候補された黒川紀章氏の隣で、毅然たる笑みを浮かべる若尾文子さんを、テレビ画面の中に見たのだった。その毅然たる表情が、私の体の底に沈んでいた、小さな記憶を浮かび上がらせた。

よみがえったのは、一九六〇年の大映作品『安珍と清姫』をめぐる、週刊誌のゴシップ記事だった。島耕二監督、市川雷蔵の安珍、若尾文子の清姫という、大映の看板コンビの組合せによる作品だった。

頑なに清潔を保つ安珍の奥底にひそむ煩悩を、自らの女の魅力によるそそのかしでさそい出そうとする清姫……その緊迫感あふれる岩風呂のシーンが、ゴシップ記事のネタだった。

清姫の誘惑に耐えかねた安珍が、ついに、清姫の胸もとを押しひらいて乳房をむき出しにする……その場面の撮影は、雷蔵と監督が一計を案じ、リハーサルのときは清姫の胸もとに安珍が両手をかけるところで止めていたが、本番でいきなり乱暴に胸元を押しひらいたので、若尾文子が憤慨した、といった感じの記事だった。

だが、当時の常識からいって、第一線女優である若尾文子の胸があらわになるシーンなど、とうてい考えられなかった。私は、何かでそのゴシップ記事を読んだのだが、作品自体は見ていなかった。ビデオ作品で見てみよう……テレビ画面の中の毅然たる若尾文子さんの表情が、私にそんな気分を与えた。その頃、私は市川雷蔵についての本を書くため、雷蔵作品をすべて点検しようと思っていたところだったから、すぐにビデオを取り寄せ、件《くだん》の作品の件の場面を初めて目にしたのだった。

その場面は、吹き替えや画面操作ではなく、あきらかに現場の撮影そのもので、雷蔵の手によって胸もとを押しひろげられた思いのほかゆたかな清姫の……いや若尾文子の乳房があざやかに映し出されていた。

その一瞬、スクリーンの中の若尾文子は、茫然としたようなかたい表情を浮かべながら、この最重要場面での芝居をきっちりとこなしていた。あ……という思いがわいたにはちがいないが、女優の意地が女性としての動揺を抑え込んだという感じだった。

そして、作品の最後で、もう一度この場面が、安珍の記憶として再生されるのだが、このときは胸があらわになる直前までのシーンだった。現場での芝居のながれではOKを出したが、二度くり返すことはゆるさなかった……これもまた、映画黄金時代の第一線女優としての、大人らしい気位による結着のつけ方だったのではなかろうか。

黒川紀章氏が亡くなられてしばらくたった頃、市川雷蔵について私が書いた本にからむテレビ番組で、久しぶりに若尾文子さんにお目にかかることができた。私は、『安珍と清姫』のそのシーンについて、

「あれは、監督と雷蔵さんが若尾文子さんに内緒でたくらんだ場面ということだったんですか……」

とたずねてみた。若尾文子さんは遠い彼方へ微笑みを投げかける表情を浮かべて、

「じゃ、わたしだまされたのかしら」

と、面白そうに言われた。

「最後のシーンでのくり返しは、チェックしたんでしょうね」

「さあ、むかしのことですからねえ……」

「なるほど……」

私は、意味もなく納得して、真相などどうでもいいという心持になった。若尾文子さんの大人の余裕の前で、私はすんなりと一ファンにもどっていた。

それにしても、今は若い女優の胸があらわになったところで、あれほどの衝撃がただようはずもない。だが、往年の映画全盛時代における第一線スターの女優を思い浮かべても、若さと輝きの真っ只中《ただなか》で、あれほどの度胸を見せた例はなかったのではなかろうか。その若きスター女優の度胸も大人のものであり、「じゃ、わたしだまされたのかしら」と微笑みを遠い彼方に投げる大女優の表情もまた、大人ならではの味わいにみちていた。

第二十八話　ゴルフと紳士と賞金王

私は、ゴルフとはついに縁をもたずにここまできている。ということは、今後もそのままなのだろう。何人かの友人・知人からかなり具体的なさそいを受けたが、それでも腰を上げなかった。運動神経的に自信のないタイプではなかったが、何となくチャンスがなかった。

かつて、読物雑誌のグラビアで、吉川英治・吉屋信子・石川達三・丹羽文雄といった文士たちのゴルフ場での写真を何度か見た。当時はまだゴルフをする階級がかぎられている観があり、一般世間の感覚からはセレブ的イメージがあった。鳥打帽にニッカボッカ姿の吉川英治氏などの出立ちは、青年時代の私にとっては別世界の人という感じだった。

だが、やがてゴルフ人口が拡大し、サラリーマンもそこに参加するようになったばかりか、ゴルフは仕事をスムーズにはこぶために不可欠な社交術的手段になっていった。テレビでもゴルフ番組がスタートし、中村寅吉から杉本英世といった実力者の時代をへて、尾崎将司選手、青木功選手の時代となった。野球界から転身した尾崎将司選手が〝ジャンボ〟と呼ばれて大ブームのさきがけとなり、それに対抗して青木功選手が〝コンコルド〟となってすぐに並んだ。そして、その両者の活躍を中心にゴルフ番組はかなりの視聴率を獲得するにいたったのだった。

そのあたりで、今日にまでつづく私とゴルフの関係がしっかりと固められた。それは、テレビ中継を通じてゴルフに接するというスタイルだった。実際、ゴルフとマラソンはテレビ画面から中継を見るのにうってつけのジャンルなのだ。現場にいる人よりも特権的なテレビカメラのアングルによって、プレーの一部始終がすべて把握できる。マラソンとても実際に沿道に立って見るとなれば、目の前をよぎる選手を一、二度見るだけにならざるを得ぬのだが、テレビ画面では刻一刻の場面を観察できるというわけだ。

もちろん、ゴルフをプレーする人にくらべれば、私の見方は素人の範囲を出ないし、各場面を実感することなどはとうてい無理なのだ。にもかかわらず私がゴルフ番組のファンになったのは、ゴルフがメンタルな部分をきわめて濃くもっているという点にかかわる興味からだった。そんなわけで、ゴルフに手を染めぬまま、私はかなり入れ込んだゴルフ番組の熱いファンになったのだった。そして、ゴルフ番組のファンになってプロゴルファーを画面でながめているうち、気になりはじめたことがあった。

ゴルフは〝紳士のスポーツ〟であるというのが、そこに手を染めぬ私にとっての、基本的なアングルだった。自分には似合わない……私がゴルフに腰を上げなかったのも、その〝下から目線〟とでも言うべきベースがあってのことだったにちがいない。ゆえに私は、ゴルフというジャンルを尊敬視する気分で、テレビ画面に見入っていたのだった。

ところが、深夜に放送されたゲーリー・プレーヤー、アーノルド・パーマー、ジャック・ニクラウスなどのさすがという感じの表情や姿、それにウエアのセンスなどに比較して、当時の日本人選手のファッションが、あまりにもちがいすぎると感じはじめた。そこからは、〝紳士〟とは無縁の野暮さ、奇抜さ、ケバケバしさが伝わってきた。特権階級のスポーツでなくなったゆえのブームであるとはいえ、あのファッションの特異性に目をみはったのは、私だけなのだろうか。

それでも、私はテレビのゴルフ番組を見つづけた。全英オープンでのグレッグ・ノーマン優勝シーンなどは、旅先の旅館で早朝近くまで画面に釘づけになっていたのだから、ある意味で私はよほどのゴルフ好きということになるのだろう。ただ、日本のゴルフ番組を見るときは、やはりプレーヤーの姿、形、たたずまいが気になり、〝紳士〟の二文字が宙にゆらゆらと揺れながらの苦々しい観戦となった。

やがて、ジャンボ尾崎選手の下降線にともない、ゴルフ番組の視聴率に影が生じ、私にもしばらくゴルフ番組離れの時期があった。だが、そんな中で年齢とともに風格をました青木功選手の、インターナショナルに仕立てあがった魅力は救いだった。〝紳士〟とは別種な〝大人〟の風味が、新幹線の駅などにある夫人とのツーショット広告写真からも伝わってきた。青木功選手は、シニアとなってたしかなる大人の匂いを身につけた類稀なる例だった。

男子ゴルフ界のスター不足時代に、宮里藍選手が登場した。テレビの視聴率はふたたび上昇し、テレビによるゴルフ観戦ファンである私は、そのアングルを男子ゴルフから女子ゴルフへとシフトしていった。宮里藍選手は、それ以前の〝実力者〟群とちがう〝スター〟の華に満ち、しかも毅然としていた。その宮里藍選手のブレイクをきっかけに、女子プロゴルフが満開となった。ひとりの超越的存在は別の個性をも照らし出し、若手のさまざまなスターを生んで、女子ゴルフ界に活況をもたらした。そんな中で、宮里藍選手はメジャー世界に挑戦すべく、アメリカに渡るという苦難の道を選んだ。

そのような女子ゴルフ全盛期ともいえる時代に、ついに男子ゴルフ界に石川遼選手が登場してくる。周囲からの期待に応えて、次々と変貌をとげ、着実に進化してゆくありさまは、テレビ画面を見る私にとっても心強いかぎりだった。そして、石川遼選手への脚光によって久しぶりにクローズ・アップされた男子ゴルフ界には、やがて松山英樹という本物の実力者が登場して現在にいたるのだから、宮里藍選手や石川遼選手の、露払いとしての役は大きかったと言うべきだろう。

ところが、女子のプロゴルフ・ブームから石川遼ブーム、さらに松山英樹へというながれの中で、またもや気になる傾向の事柄が私の頭に生じ、それはいまもつづいている。マスコミをふくめたゴルフ関係者の常識への違和感だ。その違和感は〝賞金王〟〝賞金女王〟という、選手もアナウンサーも解説者もジャーナリズムも当然のように賞讃として使っている言葉に対して生じたのだった。〝紳士〟〝淑女〟と〝賞金王〟〝賞金女王〟は、どう考えても馴染まないのである。

マスコミは当然のように、男女プロゴルファーの〝賞金王〟争いをあおり立てている。そういえば、かつて解説をしていた往年の選手がテレビ放送の解説のさい、「これ、ワンパット百万円だね」と中継中のアナウンサーにコメントしていたことがあった。業界内では常識なのだろうが、紳士のジャンルでそれをこんなにつらっと口にするか……としらけたものだった。こういう点に関して、マスコミはきわめて無頓着だ。そのためなのだろうか、〝賞金王〟を口走ることへの警告の言葉を、私は寡聞にして知らない。

外国人選手のグレードをあらわすとき、「グランド・スラム達成」といった成績をもって表現することはあっても、賞金が強調されるということなどあるまい。賞金王に向けてのコメントを求めるインタビュアーのさそいに乗って、「今年は賞金王に向けて、がんばります！」と無邪気に答えている女子プロ選手の表情を見ると、何ともいえぬ寒々しさをおぼえてしまうのだ。やっぱりこのセリフは〝下品〟なのではありますまいか。

賞金額はたしかにプレーのレベルの目安ではあるが、〝紳士〟〝淑女〟のスポーツであるならば、〝賞金〟を口にするのはいかがなものであろうか。

それにしても、〝賞金王〟という言葉に下品を感じるのは、私だけの過剰反応なのだろうか。あるいは、日本のゴルフと〝紳士〟は、まったく縁がないということなのだろうか。これは、ゴルフに手を染めたことのない、単なるテレビ・ウォッチャーであるにすぎぬファンのたわごとであるのかもしれない。しかし、紳士のスポーツを標榜するゴルフという競技の世界でこれが当たり前であるならば、野球と金の関係などおどろくにあたらぬ、日本という国のスポーツの土壌の常識ということになりかねぬのではなかろうか。〝紳士〟を〝大人〟と言い換えてみるならば、日本のプロゴルファーが〝大人〟に仕立てあがるのは、雲をつかむような話ということになるのである。

第二十九話　和の風格を手にする男

第九話で松井秀喜選手について、「大人びた大リーグの匂い」と題して書いたのは、二〇〇八年のシーズンが始まる三か月ほど前のことだった。

二〇〇八年のシーズンが始まると、私は例によってノートを用意し、スコアブックとはまったく別なスタイルの、落書きめいた文章を書き綴《つづ》りながら、衛星中継のヤンキース戦に目を凝らしはじめた。

前年のオフに右膝内視鏡手術を受け、その負担をかかえてのシーズン開幕だった。二〇〇八年には、その右膝をかばうために左膝にも負担がかかるという理由で守備から遠ざかり、松井秀喜＝ＤＨというイメージが固まっていった。

私には、二〇〇八年のノートへの落書きを額縁として、その額縁の中におさめるべき松井秀喜像を描くという目的が生じていた。開幕から閉幕にいたるまでの七か月間、ある雑誌に四百字詰原稿用紙十三枚ずつの連載をし、それに百五十枚ほどの書き下ろしを加えて、松井秀喜についての単行本を上梓しようと思い立ったのだった。

執筆前からすぐに浮かんでいたタイトルが「七割の憂鬱」だった。打者はよく打って三割なんぼ、あとの七割はファンにとっていわゆる憂鬱な時間ということになる。だが、その憂鬱であるはずの七割の中に、きわめて贅沢な魅力がつまっているのが松井選手の一大特徴であるという見定めが、私の中にすでに確乎としてあったのが、タイトルの根拠だった。その憂鬱には成績不振、ニューヨーク・ジャーナリズムの騒音、WBC不出場への批判の渦などさまざまなことがつまっているのだが、やはり憂鬱の芯にあるのは膝の故障という宿命のテーマだった。

巨人時代、二十三歳のときに左膝を痛めて以来、松井選手の膝にはつねに危険信号が点滅していたはずだ。そのときからずっと、両膝が完璧と言えぬ状態でプレーしてきた。左膝を痛めたことによる右膝への負担をも、ずっとかかえつづけてきた。そして、松井選手はその深刻さを表情に出すことをいっさいせず、平然とプレーをつづけ、並はずれた成績を残してきた。無安打の試合のあとのインタビューにも、つねにやわらかい笑顔で応じてきた。

ＷＢＣ不出場の意向を表明したあとの表情には、いささか複雑な影がさしたりもしていたが、理不尽なマスコミの世論づくりに対して、苛立ちを見せることはやはりなかった。その時点での深刻すぎる膝の状態を説明する言い訳よりも、期待に応えられぬことについて申し訳ないという気持の方が、松井選手の心の中で大きい比重を占めていたということだろう。

そんな松井選手に、私は安宅《あたか》の関《せき》で白紙の勧進帳を読む、武蔵坊弁慶の姿を思いかさねたものだった。実際、松井選手は石川県の旧・根上《ねあがり》町の出身で、安宅の関跡はそこからほど近いところにある。そこに縁をもつ松井選手は、少年時代から弁慶の余韻につつまれて育ったにちがいない。

何も書かれていない勧進帳を、それを見破らんとする関守の富樫左衛門《とがしさえもん》の前で、堂々と読みあげてみせ、怪しまれた主君を折檻するという武蔵坊弁慶の苦肉の策で、義経一行は奇跡的に安宅の関を通り抜ける……歌舞伎十八番の舞台における、男の醍醐味を縦横に発散する弁慶の姿には、江戸時代から日本人に大喝采を浴びてきた〝和〟の男像がみなぎっている。

松井選手が左手首骨折、右膝手術、左膝手術という深刻すぎる状態を内に隠し、言い訳のひとつも口にせず、WBCの日の丸ニッポン大合唱の中における不出場への批判を甘んじて受け、黙々と自らの目標から眼《まなこ》を外すことのないありように、私が弁慶像をかさね見るのは、故郷と弁慶の縁もさることながら、松井選手が現代において類稀な〝和〟のテイストをもつ男像を秘めた、唯一の日本人メジャーリーガーであるからなのだ。

二〇〇八年のレギュラー・シーズンの優勝が絶望となった時点で、松井選手は左膝の古傷の手術に踏み切り、二年連続の膝の手術を敢行して、二〇〇九年のシーズンにそなえた。

『七割の憂鬱――松井秀喜とは何か』（小学館）という私の本は、二〇〇九年三月三十日発行となっている。二〇〇九年のシーズンがまさに始まらんとする時期ということになる。この段階での松井選手には、守備ができるまでに膝の状態が回復しているや否や、あるいはレフトの定位置に戻れるや否や、DH起用打者と割り切るや否や……それらのすべてが疑問符のついたままだった。そんな中で発売された私の本の帯文は、「比類なき『和』の風格を炙り出す　ゴジラの解体新書」となっている。WBC不参加の余韻をもつ逆風の中で船出する本に、私自身が意気がって思いついた惹句《じゃっく》だった。

その後、松井選手にはDH専門打者という役割が課せられ、膝の回復ぐあいと相談しつつ、彼は黙々と〝自分にできること〟を精いっぱいこなしていった。そして、守備につき、膝の心配なく下半身を使う打撃が実現しないまま、ついにレギュラー・シーズン優勝にまでこぎつけた。ここまではまだ〝七割の憂鬱〟の枠内にあったと言ってよいだろう。

しかし、トーリ監督に代ったジラルディ監督の、恩情にながれず徹底して守備につかせぬ、つまり松井選手の打席数を減らす結果となる非情とも映る起用法の中で、膝の状態は逆に、最終の大舞台に向けてかろうじて温存されたのではなかったか。徹底的なダメージを負うことなく、膝にたまった水を二回抜くという応急処置によって、松井選手の膝はW《ワールド》シリーズの激闘に耐える状態にかろうじてとどまった。

そのあげく、松井選手がつかんだ、非情や心配を吹き飛ばすかのような、劇的という言葉も色褪せて感じられるほどのフィクショナルな大成果と、弁慶の飛六法《とびろっぽう》に通じる男らしい〝和の風格〟に、ファンは大いにしびれたのだった。WシリーズのMVPに輝いた試合のあと、松井選手は「びっくりですね、信じられないです」とこの新人のようなセリフを、いつものように口角を上げてにこやかに放った。そして次の日のテレビ画面では、「（MVPを獲った）自分に向ける言葉は？」という、「自分をほめてあげたいです」とか、「なんも言えねえ」くらいのセリフを誘い出そうとするインタビュアーに対して、「ま、〝勘違いするなよ〟ってことですか」と言って、松井選手はやはり口角を上げて笑って見せたものである。

ところで、ファンというものはつねにそうなのだろうが、松井選手自身が「びっくりですね」と言っているのに、これだけの奇跡的な大快挙に対して、「いやね、オレは何となくそう思っていたよ」と、自分だけは分かっていたという錯覚をもてあそぶ傾向が、私をふくめてあるのもたしかなのだ。これはまあ、ファンにありがちな図柄だ。そして、私には、ファンとはあこがれの対象であるスターを全肯定しなければならぬものという思いがある。

さて、結果的にはそのWシリーズにおけるMVP獲得が、選手としての最後の大ハイライト・シーンとなり、それゆえに現在のヤンキース球団における地道な役割があるということになるのだろう。その後における巨人の選手へのキャンプ地での直接指導や、長嶋茂雄さんと並んだ国民栄誉賞についても、私はファンとしては全肯定した。そして何より、原辰徳前監督のあとの役割を先送りしたこともまた、現在の巨人を中心として噴き出した野球界のスキャンダルを思えば、じっくりと大人らしい判断をした松井秀喜の、強運とも言えるのではなかろうか。

第三十話　親友、一期一会の連鎖

日本画家の堀文子さんと出会ったのは、佃祭《つくだ》の真っ只中、佃島の〝ヤマグチさん〟の家の客同士という立場でのことだった。客同士といっても、〝ヤマグチさん〟の家にぞろぞろ集まる常連の長老格であった堀文子さんに対して、私はその日初めてそこをおとずれた新参者という関係だった。

今から二十七年ほど前のことだったから、堀文子さんが七十に近く、私が五十に近い年齢といった頃合いになる。その場面で私はいきなり堀文子さんと意気投合するのだが、それは堀文子さんの〝親友〟であるところの〝ツユキさん〟という女性がそこに居合わせたことに助けられてのことにちがいなかった。本名は佐々木一子だが料亭「露木」をやっていたのでその名で呼ばれるようになった人だ。

ツユキさんは、〝ヤマグチさん〟の家では〝ツユキ〟と呼び捨てか〝オカアサン〟、はたまた〝ツユキのオッカア〟と呼ばれ、神楽坂で芸者をつとめ、やがて料亭を経営し、旦那の世話にもなった経験のある人、「あたしゃ芸者やって料亭やって焼鳥屋やって二号もやったんだから、こわいもんなんてないっつーの」がお得意のセリフのお方だった。

あるとき、〝ヤマグチさん〟の家の人たちと香港団体旅行に同行し、ホテルの前からバスに分乗するさい、「ハイ、二号車の方はこちら」と旅行会社の人に指示する声を耳にするや、「あれ、誰かアタシのこと呼んでんじゃないのかい」と首をかしげ、勘ちがいと分かると「何だ、二号ってからアタシのことだと思ったじゃないの、まぎらわしい言い方すんじゃないよ」と虚空に向かって文句を言ったという。

そして、それが表面上のツユキさんの愛嬌の煙幕であり、その奥にある真の価値や上品さや精神性を、髄のところで看破しているのが堀文子さんなのである。

堀文子さんは、「女が画を描くなどの不良行為はゆるさない」という家柄の良家から、家出をして神楽坂のど真ん中にあるアパートに住んだ。それでも〝お嬢さん〟の生活が気になる家の使用人が、時おり様子を見にやって来た。つねに部屋でガサガサ紙の音をたて、何やらひとに見張られているらしいこの〝変な女〟を、同じアパートに住む芸者さんたちが訝《いぶか》しく思わぬはずもない。いったい何者なんだろう……という好奇心と市井《しせい》の者の独特の親切心で、彼女たちはしだいに画を描く女性に近づいていった。その芸者の中心にツユキさんがいたというわけだった。

良家の娘たる堀文子さんは、銭湯も知らぬ身であるから、市井の習慣を教えてやんなきゃ危なっかしくて見てらんないよ、というのがツユキさんたちの気持だった。そのあげくあれこれと面倒を見てくれるのだが、お嬢さんの側からはチンプンカンプン。ただ、しだいに気心が知れて仲間に入れてもらった、というのが後年にふり返る堀文子さんの記憶のありよう……とまあ、これが戦前から戦中にかけての話である。

堀文子さんを一般的に紹介するには幾通りもの言い方がある。まずは一九一八年（大正七年）東京生まれ、女子美術専門学校（現在の女子美術大学）卒業、在学中に新美術人協会展に入選、一九五二年に上村松園賞を受賞、児童向けの作品、画集、自伝などの出版がある……とまとめる大筋の輪郭もあるだろう。

また、透明感あふれる色彩と丹念な筆致と、細部まで観察する科学者のごとき静謐なまなざしで、植え育て咲いて散るまでを見守ることで、一瞬もとどまることなく移ろいゆく命の姿をとらえようとする、その姿勢の奥深さを追うアングルも成り立つだろう。

さらに、海外放浪や老齢にいたってのイタリア移住、八十二歳でのヒマラヤの五千メートルの高地の踏破、重病から生還したのをきっかけとする、微生物の世界への集中など……遠心力的エネルギーと、求心的エネルギーの計り知れなさも忘れてはならないだろう。実際、ミジンコや蜘蛛の糸に向ける堀文子さんの新鮮な視点には圧倒されるばかりなのだ。

神楽坂での、堀文子さんとツユキさんの未確認生命体同士の出会いみたいな場面については すでに書いたが、その後、戦争が二人を引き離し、おたがいの消息も知らぬまま、戦後という時代を迎えることになる。

そして戦後のある日、神楽坂に戻っていたツユキさんが焼鳥屋をやっている頃、浜町の何人かの日本画家が集まった座敷で、かつて紙をガサゴソやっていた〝変な女〟であり、そのときはすでに名の知られる画家となっていた堀文子さんと、奇跡的な再会を果たした。以来、今日まで自分にないものを持つ者同士の、生涯の〝親友〟としての絆を保ちつづけている。

かつて世間知らずの〝お嬢さん〟だった堀文子さんは、秋田の旧家に育ったツユキさんの真の意味での育ちの良さに、強く打たれるようになった。また、ツユキさんが身をおいた花柳界というものの、市井の伝統文化の奥深さに、芯から尊敬の念をいだくようになった。そして、ツユキさんの突っけんどんな言い方の内側に張り付く、こよないやさしさや気遣いに、驚嘆させられつづけることになる。

ツユキさんの側からは、画家としての名声を得たあとも、寸毫《すんごう》も変わらぬ堀文子さんの市井の人とのつき合いぶりに、ほとほと感服する日々がつづく。〝えらい人〟になっても〝遠い人〟にならない……真にそれを実現できる人は、人づき合いを商売にしてきたツユキさんにとっても、稀有な存在であったにちがいない。

佃祭での出会い以来、このお二人の〝親友〟と、同時にお目にかかるのは、私にとって贅沢な時間となった。その流派のちがうコンビによる、丁々発止の啖呵ゼリフの軽妙なやりとりの中に、心をゆるす者同士の得も言われぬ華が咲いて、実に見事な風景なのだ。ツユキさんは商売から離れて〝神楽坂の隠居〟の身となったが、近づきすぎぬようにする一瞬の気遣いが、あいかわらず至芸のごとく繰り出される。また、堀文子さんには逆に、距離が遠のきすぎぬようにする、タネのない正味の手品を味わう心持にさせられる。そんなお二人の達人のやりとりを、酒を飲みながらたまに相槌を打ちつつながめている……それが私なりの得な役どころだった。

そんなお二人と、このところお目にかかっていないことに、この文章を書きながらふと気がついた。

ただ、「交流は水のごとしで、見え隠れにおつき合いしております。友人ではございません。大人になって友人っていますか？　人格が形成されない小学生くらいまでじゃないかしら」と、堀文子さんは雑誌のインタビューに答えておられる。「感性の似たもの同士が惹かれ合うから面白い」とも言われている。淡交《たんこう》とは淡いつき合いという意味でもあるが、時をおいてもそのときに新鮮に感性が放電し合う一期一会の連鎖のようなつき合いである……という話を聞いたことがあった。

〝親友〟などと軽く口走ることが多いが、堀文子さんとツユキさんの二度の出会いには、深い運命のようなものを感じさせられるのだ。一度出会い、あの戦争の中で散りぢりになったあと、東京という大都会の中で、それぞれの世界に生きる女性同士が再会するなど、奇跡にもひとしい。そして、そのお二人がお互いを尊敬し、礼を正して親しくつき合う友となるなど、奇跡という言葉でも足りぬ世界ではなかろうか。

ご自分たちの仲について、「それが不思議というものなんでございますね」と堀文子さんは微笑み、「何なのかねえ」とツユキさんは首をかしげる……こりゃいかん、こんなことを書いていないで、お二人の達人との宴を計画しなくては……などと思っていたが、堀文子さんの対談集『堀文子粋人に会う』で、ツユキさんが平成二十一年三月に亡くなられたことを知り、愕然とした。八十八歳の長寿を全うされたというが、この上は〝親友〟の堀文子さんと、ツユキさんの思い出話に花を咲かせる機会をなるべく多くもつしか手はないだろうと、私はしんみり思った。

アンチエイジング？　なめたらいかんぜよ！

――「あとがき」にかえて

私は、幼時から高校を卒業するまでのあいだを、祖母との二人暮らしですごした。この内側にある事情は、祖父母の長男たる父が昭和十四年に上海において二十七歳で客死したさい、すでに母の胎内に私がいたということとからんでくる。夫たる父と死に別れた母は、上海から東京へ帰って私を生み、祖父が二十歳という若さで未亡人となった母の将来を慮って他家へ嫁がせ、残された孫を自分の子の籍に入れて育てることにした。

そこまでは当時としてはよくあるケースとも言えるのだが、戦後になって祖父は妻である祖母とは別な女性と鎌倉に住み、静岡県の清水市（現在は静岡市清水区）で二人暮らしをする祖母と私の生活を、そこからの送金で成り立たせるかたちをつくった。放蕩・遊蕩をくり返した祖父は、戦前、戦中を通じてその時どきに懇《ねんご》ろになった女性と同じ屋根の下に住み、時どき妻子のいる実家へ様子を見に来るというライフスタイルの文士だったが、その最終的な形態が鎌倉と清水の生活の並立となったのだった。

それでも、祖母が籍から外れることがなかったのが、祖父の気遅れゆえか祖母の意地からなのかについては、いまだに解けることのない謎のままだ。ともかく、私は祖母の手によって、清水みなとで育てられたのであった。

ここで、私小説めいた身の上話を始めたのは、物心ついたときに母はすでに目のあたりに存在しなかったゆえ、私が出会った第一の大人が、祖父母であったことの経緯を大雑把に（それにしてはくどくなったが）ご説明したかったがためであります。

戦争直後の〝すいとん時代〟がすぎると、祖母はようやく牛蒡《ごぼう》のきんぴら、鰹の煮つけ、塩鮭や鯵の開きの焼いたの、里芋の煮っころがし、大根の煮ものなどを夕餉《ゆうげ》の卓袱《ちゃぶ》台《だい》に出すようになった。海と山の幸《さち》にめぐまれた土地であったゆえの、戦争のダメージからの早い回復だったが、子供の好みとは程遠い、けっこう爺むさい……いや婆《ばば》むさい食事であった。

祖母がつくるそんな食事への有難味のなさが、隣家だった親戚の食卓に出る、ライスカレーやシチュウへのあこがれを生んだ。夕餉どきに大きめの皿を持って槇《まき》の垣根をくぐり、隣家の子にまじって食卓の一角に陣取り、ライスカレーのお代りをする屈託のない子供の姿がよみがえってくる。そのとき祖母は、仏壇のある茶の間に坐り、やさしさに欠ける孫に溜息をつきながら、孤独な夕食をしていたにちがいない。

中学と高校は、清水から三十分足らず電車に乗り、静岡市の学校へ通ったが、その時期は学校の帰りに同級生の家に立ち寄って時をかせぎ、夕御飯をご馳走になって帰る呼吸を会得していた。中学から高校にかけて、同級生の家で夕食を味わった数はかなりになるはずだ。高校の同級生のお母さんがつくる苺のショートケーキやプリンなどに、清水みなとの祖母との暮らしにない、戦後の復興から経済成長期にさしかかる日本を象徴するような、ハイカラなイメージを感じた。つまり私は、夫と別れて暮らす祖母の屈託に気のいかぬ、自分勝手な少年でありつづけたのだった。

ところが近年になって、祖母が卓袱台にならべ、子供の私が敬遠していた当時の料理が、妙になつかしく頭によみがえるようになった。それと同時に、日本のある時代の女性に課せられた我慢を、徹底して骨肉化していた祖母の生き方に、ひとつの感慨をおぼえるようにもなった。また、そんな妻に孫をあてがい、別な土地で妻以外の女性と暮らしつづけ、そこを表玄関として気ままに生き通した、火宅、放蕩、遊蕩の果ての祖父という存在をも、ある時代までゆるされた……いや、ゆるされぬところを強引につらぬいた男の生き方の典型を打ちながめる気分で想うようになったのだった。

するると、皿を持って槇の垣根をくぐってやって来る親戚の少年に、ごく自然に食卓に席をつくってくれた隣家の大人たちの表情が、まず頭に浮かんだ。中学、高校時代に夕食をご馳走してくれた同級生の家の父母兄弟、大学時代の下宿のおばさんやトリスバーの〝バーテンさん〟、就職した出版社の上司、先輩、担当した作家群、作家となってから出会ったおびただしい数の人々の〝大人の貌《かお》〟が、次々と目のうらに浮かんでは消えることをくり返した。

自分は、大人たちに囲まれて育ち、その時どきに出会った大人たちに庇護され、いたわられ、気遣われ、何事かを示唆され、ほのめかされて生きてきたのだという思いに、不意を突かれる思いがわいた。この程度のことにいまさら不意を突かれているのだから、私自身がかつて出会った人々のような意味合いでの大人の世界に、いまだ爪をかけられぬのは言うまでもない。

ただ、祖母が日常的にこなしていた料理の贅沢に、かなりの時をかけた遅ればせとはいえ、ようやく気づいたのは、あながち無意味でもあるまいという気がする。居直るようだが、たとえば蕗《ふき》の薹《とう》の炊いたのなんぞの滋味は、ある年齢になってこそ馴染むものであり、蕗の薹を炊いたのを好物とする小学生……というイメージは、いささか不気味ではありますまいか。

また、廓《くるわ》話の落語、歌舞伎の生世話《きぜわ》物、能、お経、御詠歌などのように、子供の頃にはチンプンカンプンで退屈なものに、ある年齢になって不意に手がとどく感覚にいたるといったことは、よくあることではなかろうか。

したがって、これまで出会った大人たちの味わいが、いま強く私の体の内側をキックしはじめているのも、遅かりしとはいえ自然のなりゆきであるのかもしれない。ともかく私が、大人の極意を身につけた人々の価値に、いまさらながら新鮮な刺激を受けているのはたしかなのだ。

〝大人〟という言葉にまとわりついていた長寿、分別くささ、秩序志向、序列主義、物分かりのわるさ、常識人、老練、権威、威厳、反青春、孤独、鹿爪らしさ、堕落、老醜、耄碌《もうろく》……などのイメージを剝ぎ取り、ためつすがめつ打ちながめれば、その隙間からのぞく貌《かお》はしたたかだ。茶目っ気、不良、屈折、未練、苦渋、擬態、気取り、厄介、遊び心、憂鬱、色気、滑稽、天邪鬼《あまのじゃく》、稚気、曲者、頽廃、無邪気、風流、虚勢、道化、手品、粋、風狂、侘寂《わびさび》、卑猥、嫉妬……いやもう、その表裏に張りつくけしきは、人間の醍醐味にあふれる極彩色の宝庫なのだ。アンチエイジング？　なめたらいかんぜよ！　の気分である。

最後に、ここに登場していただき、俎《まないた》の上の魚のごとく勝手気儘な素人包丁でさばかせていただいた〝大人の極意〟をもつ皆々さまには、これまた遅まきながら、ただただ深謝のココロであります。

＊本書は、二〇一〇年六月に潮出版社より刊行された『大人の達人』を大幅に改稿、再編集の上、書き下ろしを加えました。

村松友視（むらまつ　ともみ）
一九四〇年、東京生まれ。慶應義塾大学文学部卒業。八二年『時代屋の女房』で直木賞、九七年『鎌倉のおばさん』で泉鏡花文学賞を受賞。著書に『私、プロレスの味方です』『夢の始末書』『百合子さんは何色』『アブサン物語』『野良猫ケンさん』『幸田文のマッチ箱』『淳之介流』『俵屋の不思議』『帝国ホテルの不思議』『金沢の不思議』『老人の極意』『北の富士流』等多数。

大人の極意

二〇一六年七月二〇日　初版印刷
二〇一六年七月三〇日　初版発行

著　者　村松友視
装　丁　坂川栄治＋鳴田小夜子（坂川事務所）
発行者　小野寺優
発行所　株式会社　河出書房新社
東京都渋谷区千駄ヶ谷二－三二－二
電話　〇三－三四〇四－一二〇一（営業）
　　　〇三－三四〇四－八六一一（編集）
http://www.kawade.co.jp/

印刷・製本　中央精版印刷株式会社

ISBN978-4-309-02480-6
Printed in Japan